DIE TOTE IM STADL

Stefan Maiwald

DIE TOTE IM STADL

Ein Bad-Kleinkirchheim-Krimi

Servus

FSC
www.fsc.org
MIX
Papier aus verantwortungsvollen Quellen
FSC® C083411

Diese Geschichte ist frei erfunden. Tatsächlich existierende Personen und Firmen wurden verändert und/oder vom Autor ausgedacht, Geschehnisse anderen und/oder fiktiven Personen zugeordnet. Verbleibende Übereinstimmungen mit etwaigen realen Personen wären somit rein zufällig und sind nicht gewollt.

2. Auflage 2021

Dieses Werk wurde durch die Verlagsagentur Lianne Kolf vermittelt.

Medieninhaber, Verleger und Herausgeber:
Red Bull Media House GmbH
Oberst-Lepperdinger-Straße 11–15
5071 Wals bei Salzburg, Österreich

Satz: MEDIA DESIGN: RIZNER.AT
Gesetzt aus der Palatino, Bauer Bodoni, Courier
Umschlaggestaltung: wir sind artisten
Umschlagmotive: © Samot / Shutterstock.com, © Lana Veshta / Shutterstock.com, © Stockker Champ Love Thail / Shutterstock.com, © Andrii ZHuk / Shutterstock.com, © Alxander Chaikin / Shutterstock.com
Printed by CPI Books GmbH, in Germany
ISBN: 978-3-7104-0239-5

CHEFINSPEKTOR KERSCHBAUMER WIRD IM URLAUB GESTÖRT

1. Weg mit dem Speck

Die Hantelscheiben waren rot, knallrot, genau wie Kerschbaumers Gesicht. Kerschbaumer machte »AAAAAAaaaaarrgh«, während Nieselregen sich an den von Schweiß und Narzissmus beschlagenen Scheiben abarbeitete. Links neben ihm turnte eine Frau, die mit ihrem Pferdeschwanz, dem Stirnband und den Stulpen aussah wie frisch aus einem Aerobic-Video der 1980er-Jahre. Allerdings legte sie einen einwandfreien Spagat hin, sie musste also neueren Jahrgangs sein. Außerdem war ihr Outfit, wie Kerschbaumer neulich beim Friseur gelesen hatte, jetzt wieder modern. Rechts neben ihm mühte sich ein mehr zeitgemäß gekleideter, dafür sehr übergewichtiger Mann ab. Als ob es ums Ganze ging, radelte er gegen seinen Kalorienüberschuss an, den er sich in jahrelanger, konzentrierter Arbeit in den Kärntner Wirtshäusern erarbeitet hatte.

Doch Wendelin Kerschbaumer wusste, dass Häme fehl am Platz war. Als er die Olympia-Langhantel nach dem dritten Satz Schulterdrücken zu Boden ließ und dabei an sich hinabblickte, war das Problem allzu offensichtlich und nicht zu leugnen: Er hatte bäuchlings zugelegt nach der Scheidung. Dabei müsste es doch genau gegenteilig sein, hatte er immer wieder gelesen: Eine Scheidung sorge für einen Neuanfang, ein neues und besseres Ich. Man war wieder auf dem Markt, man musste sich präsentabel halten. Doch Kerschbaumer hatte sich ordentlich Kummer angefuttert.

Das, fand er, war keine vernünftige Strategie bei der Suche nach einer neuen Partnerin. Also hatte sich der Chefinspektor der Landespolizeidirektion Wien, dreiundvierzig Jahre alt, recht ansehnlich mit dem dichten Haar und der gesunden Gesichtsfarbe, zu einer zweiwöchigen Sportkur zurückgezogen. In die Berge von Bad Kleinkirchheim, jenes hübschen, etwas zerfasert an der Landesstraße B88 liegenden Ortes im Herzen von Kärnten, der mit viel Fleiß und Glück seit etwa zwei Generationen zu einem der touristischen Hotspots der Alpen geworden war. Es war Anfang Dezember und bereits kühl, und unten im Tal wollte sich der Nieselregen einfach nicht verfestigen. Immerhin lagen oben auf der Piste schon ein paar solide Zentimeter, während die Schneekanonen Tag und Nacht ihren monotonen Job erledigten.

Der Wintertourismus lief gerade an, doch der große Ansturm würde erst am achten Dezember kommen, der *Maria Immacolata*, jenem italienischen Feiertag, der in diesem Jahr besonders günstig auf einem Freitag lag und zu einer üppigen Brücke ermunterte.

Nun war aber ausgerechnet der Fitnessraum von Kerschbaumers Hotel wegen eines Wasserschadens gesperrt, und er hatte auf ein echtes Gym ausweichen müssen, das weiter unten in Radenthein lag, einem Ort, der sich bemühte, ein klein wenig von den Reiseströmen zu den Bergen umzuleiten und sich deswegen den fragwürdigen Slogan »Die facettenreiche GranatStadt« verpasste, nur echt mit dem Binnenmajuskel.

Werner, der freundliche Muskelberg im Fitnessstudio Ruckizucki Fit, mixte Kerschbaumer nach seinem Training einen Proteindrink. Der Shaker sah in Werners

Pranken aus wie ein Playmobil-Modell. Kerschbaumer trank aus und hatte fertig.

***

Auf der gewundenen Straße ging es vierhundert Höhenmeter und einige äußerst spitze Serpentinen zurück hinauf in den Wintersportort. Auf dieser Straße trafen saturierte 50-km/h-Schleicher aus holländischen Neubaugebieten auf aufgemotzte Dorfjugend-GTIs mit 110 km/h. Für letztere galt Mario Andrettis Motto: »Wenn du dein Fahrzeug unter Kontrolle hast, bist du nicht schnell genug.«

Die hiesigen Autofahrer trugen das SP im Nummernschild, denn die Gemeinde mit ihren eintausendsiebenhundert Einwohnern gehörte zum Bezirk Spittal an der Drau. In einem Tal der Gurktaler Alpen gelegen und von den Nockbergen umgeben, soll der erste Kurgast einer Legende nach schon im elften Jahrhundert hierhergekommen sein, nämlich der im Kampf verwundete Pfalzgraf Boto Graf von Ottenstein. Seine Wunden pflegte er erfolgreich im guten Bad Kleinkirchheimer Quellwasser, und weil die Quelle praktischerweise ihm gehörte, überschrieb er sie im Jahr 1070 an das Benediktinerkloster Stift Millstatt, was ebenfalls ganz einfach ging, war das Kloster doch seine eigene Gründung.

Kerschbaumer schaffte es ohne Zwischenfälle bis nach ganz oben, bog im Ortskern nach rechts auf den Maibrunnenweg ab, fuhr den Italienerhügel hinauf, der so hieß, weil ab eintausendfünfzig Metern Höhe alle, wirklich alle Apartments im Privatbesitz italienischer Familien waren, und gelangte schließlich in sein Hotel

Kirchheimerhof, wo er, den Bauch einziehend, noch kurz mit den beiden hübschen Rezeptionistinnen flirtete, bevor er ausatmete und auf sein Zimmer ging.

2. Ernstls Skigruppe macht eine Entdeckung

Wer sich den unverständlichsten Kärntner Bergdialekt vorstellt und ihn mit zehn multipliziert, bekommt in etwa eine Vorstellung von Ernstl Tiefenhauer, seiner Ausdrucksweise und seiner Welt. Ernstl, blond und hager, war der beliebteste Ski- und Snowboardlehrer der Ski- und Snowboardschule Kraxler, die sich ein Monopol erarbeitet hatte und in der Hochsaison, die bald beginnen sollte, mit siebzig angestellten Skilehrern bis zu eintausendvierhundert Schüler pro Woche über die Pisten scheuchte.

Derzeit waren nur zwei Kindergruppen zu betreuen, und die Eltern wollten unbedingt Ernstl. Sein völlig unverständliches Gemurmel hatte etwas angenehm Sedierendes, und Skifahren, guter Gott, das konnte er wie kein zweiter. Selbst auf tiefschwarzen Pisten wie der Franz-Klammer-Abfahrt fuhr der Zweiundzwanzigjährige rückwärts vor seiner Gruppe her und gab Tipps und Korrekturen, die keiner verstand. Außerdem lächelte er immer freundlich. Also musste er auch schon in der Nebensaison ran, denn alle, die ihn noch vom Vorjahr kannten, verlangten nach ihm.

Dabei hatte es erst gestern ein kleines Malheur gegeben. Er war oben mit zwölf Kindern gestartet und unten mit elf Kindern angekommen. Einer der Kleinen musste mal Pipi und konnte es durch seine Sturmhaube nicht kommunizieren, und so war er einfach eigenmächtig ausgeschert. Die Aufregung war überall groß, außer bei Ernstl, der anschließend im Büro der Skischule meinte, man solle ihm einfach die jungen Holländerinnen geben statt kleiner Kinder. Die Sekretärinnen der Skischule verstanden, was Ernstl sagte. Aber nur ein bisschen.

Heute war es etwas besser, denn Ernstl hatte eine Kindergruppe bekommen, die schon sicherer auf den Skiern stand (keine »Pizza« und »Spaghetti« mehr – »Pizza« hieß Schneepflug, »Spaghetti« paralleles Fahren). Mit diesen fortgeschrittenen Rackern verließ er auf der Maibrunnabfahrt auf eintausendsiebenhundert Metern, wo bereits echter Schnee lag, die Piste und stieb durch die Wälder.

Zwei Kinder prallten gegen Bäume, ein drittes fädelte die Skispitzen ein und überschlug sich, ein viertes verkantete und rutschte einen Abhang hinab. Der übliche Schwund bei Ernstls Kindergruppen; alle hatten ihren Spaß. Ernstl schnallte sich die Skier ab, um Kind Nummer vier zu bergen, das unten zwischen zwei Baumstümpfen auf dem Rücken lag, aber dabei recht fröhlich winkte.

Während des Skischuh-Gestapfes hangabwärts blitzte ihm vom Waldrand etwas in die Augen: ein Stich Neon von links, ein ungewöhnlicher Farbblitz in diesem hochalpinen Ensemble von Weiß und Grün. Ernstl blinzelte und wandte den Kopf. In der offenen Holztür eines Stadls, der mittlerweile als Lagerschuppen einer nahen Almhütte diente, lag etwas – nein, das war … ja, das war zweifellos eine Person.

Genauer gesagt war es ein Mädchen mit langen blonden Haaren, die auf ihren teuren bunten Skianzug von Bogner fielen. Eintausendzweihundert Euro kostete so ein Skianzug, wusste Ernstl, denn damit kannte sich der Bergbauernbub aus.

Nein, es war kein Mädchen, wohl eher eine junge Frau, erkannte Ernstl beim Näherstapfen. Es sah beinahe so aus, als ob sie schlief. Wäre da nicht das verstörende Detail eines Messers, das bis zum Schaft in ihre Brust gerammt war.

TAG 1 DER ERMITTLUNGEN

Dienstag, 5. Dezember

WETTER

Kühle, graue, äußerst missmutige Wolkendecke, mit vereinzelt nachteiliger Auswirkung aufs Gemüt.

PISTENBERICHT

Eine belgische Mutter mit burschikoser Kurzhaarfrisur beschwerte sich über Ernstls Ausflüge mit der Kindergruppe abseits der Piste. Wegen der Lawinengefahr. Sie wollte »den Inhaber sprechen« und zog erst wieder ab, als sie zehn Prozent Ermäßigung bekam.

3. Fastenbrechen

Im Hotel gibt es zwei Arten von Menschen. Die einen fragen, ab wann es Frühstück gibt. Die anderen fragen, bis wann es Frühstück gibt. Wendelin Kerschbaumer, sonst Frühaufsteher, ließ es sich hier nicht nehmen, die Disponibilität des Servicepersonals aufs Äußerste auszureizen. Zu einer guten Kur, befand er, gehörte ein guter Schlaf.

Leider gehörte zu einer guten Kur auch eine gesunde Ernährung. Müsli, Obst, Tee und ähnlich freudloses Zeug. Keine der köstlichen, warmen, duftenden Semmeln, keine der in allen Rottönen lockenden Marmeladen, und schon gar nicht Spiegelei mit Speck oder ein milchiger, extragroßer Cappuccino. Und während er noch einen letzten, verzweifelten Blick auf die Brotkörbe warf, führte sein Handy rund um den erbärmlichen Müslischleim, den er sich vorgesetzt hatte, einen lautlosen Vibrationstanz auf.

»Hallo?«

Nachdem das Telefonat zu Ende geführt war, hatte sich die Sache mit dem Kururlaub vorerst erledigt. Das änderte zwar nichts an dem trüben Blick aus dem Fenster ins erbärmliche Grau dieses Vormittags, es änderte aber wohl etwas am Müslischleim. Das Erste, was Kerschbaumer tat: Er ging zum Buffet und holte sich zwei Spiegeleier mit knusprigem Speck. Dann bestellte er sich einen milchigen, extragroßen Cappuccino.

Schließlich mussten die Nachrichten aus Wien erst mal verdaut werden.

Am Telefon war der atemlose Isidor Kruschannig gewesen, der Abteilungsleiter der Landespolizeidirektion Wien. Der atemlose Kruschannig war Kerschbaumers Vorgesetzter. Er hieß überall nur Annig, denn am Telefon meldete er sich so hastig, dass man nur den letzten Teil seines Namens verstand. Sein Ruhepuls musste bei etwa hundertfünfzig Schlägen pro Minute liegen. Zum Sanguiniker fehlte ihm allerdings das heitere Gemüt, denn er trug schwer an seiner Verantwortung. Am Telefon hatte er gefiept und gejapst, und allen Kollegen – auch ihm selbst – war klar, dass ein fulminanter Herzinfarkt praktisch an der nächsten Straßenecke auf ihn wartete, in hochhackigen Schuhen und verführerischen Netzstrümpfen. Vielleicht nicht heute, und vielleicht auch nicht morgen, aber doch lange vor der Wiederkehr des Halleyschen Kometen.

Das Telefonat, dessen Inhalt hier in klarem Deutsch statt in hechelndem Wienerisch zusammengefasst werden soll: Es hatte einen Mord in Bad Kleinkirchheim gegeben. Übrigens den ersten seit elf Jahren – den Selbstmord eines störrischen Bergbauern nicht mitgerechnet, der ganz aus Versehen am Abend Rattengift im Obstbrand zu sich genommen hatte und dessen Grundstück danach von den Erben endlich gewinnbringend an einen ausländischen Investor verkauft werden konnte. Jedenfalls hatte sich der zuständige Chefinspektor von der Landespolizeidirektion Kärnten, ein gewisser Hartmut Trevisol, beim Gletscherskifahren überschätzt und lag nun mit einem Schien- und Wadenbeinbruch im Klinikum Klagenfurt. Die Landespolizei hatte auf seiner

Dienstebene bei den Kollegen um Hilfe gebeten, denn die Sicherheitskräfte vor Ort hätten zwar Erfahrung mit falsch parkenden Eltern, die ihre Kinder nur mal schnell zum Kinderkurs bringen wollten, sowie mit betrunkenen Nordländern in Après-Ski-Hütten, aber zu einem waschechten Mord fehle ihnen dann doch die Kompetenz. Da habe Annig sogleich den Kerschbaumer ins Spiel gebracht, wo der doch, wie Annig zwischen zwei Atemzüge schob, seit der Sache mit dem Raubmord im vierten Wiener Bezirk gewissermaßen österreichweit ein Held der Sicherheitsexekutive sei, inklusive Auftritt bei den deutschen Freunden von »Aktenzeichen XY«.

Der Landespolizeidirektor aus Kärnten habe Annigs Vorschlag dankbar angenommen; Sonderzahlungen und großzügige Anrechnung von Kerschbaumers Urlaub seien selbstverständlich, versicherte Annig. Die Spurensicherer aus Klagenfurt seien schon unterwegs, und die Bad Kleinkirchheimer Kollegen erwarteten ihn noch am heutigen Tag.

4. Blutige Spuren

Ja, die Sache mit dem Raubmord im vierten Bezirk. Der Fall hatte Kerschbaumer monatelang ordentlich auf Trab gehalten. Ein stadtbekannter Juwelier war am Abend vor seiner Haustür überfallen worden, ausgerechnet als er seine teuerste Uhr trug, eine Patek Philippe Nautilus Sonderedition zum fünfzigjährigen Bestehen der Reihe, Listenpreis 275 900 Euro, unter Liebhabern wegen ihrer Seltenheit durchaus auch 400 000 Euro und mehr wert. Bei dem Überfall versagte vor Aufregung sein Herz, was die Staatsanwältin nicht als Totschlag, sondern als Mord einstufte, weil die Räuber außergewöhnlich brutal vorgegangen waren. Kerschbaumer hatte schließlich herausgefunden, dass zwei Angestellte des Juweliers hinter dem Überfall steckten und zwei Freunde zur Tat angestiftet hatten. Lange war ein Insiderjob vermutet worden, doch keinem Angestellten war etwas nachzuweisen. Erst ein Überwachungsvideo mit einem Detail, das die Forensiker übersehen hatten, brachte Kerschbaumer auf die Spur: Einer der Täter hatte eine Hose mit Camouflage-Aufdruck getragen. Diese Aufdrucke sind auch in der Massenproduktion nie genau gleich, und so fanden Kerschbaumer und seine Kollegen in der Wohnung eines der Verdächtigen tatsächlich eine Hose, die perfekt zur Aufnahme der Überwachungskamera passte. Alle vier Täter saßen nun in der Justizanstalt Wien Mittersteig, die den ganz schweren Jungs vorbehalten war. Die Uhr blieb allerdings verschwunden; vermutlich war sie über mehrere Hehler am Arm eines orientalischen Prinzen gelandet.

***

Wiens Straßen waren so weit entfernt wie eine andere Galaxie hinter einem schwarzen Loch. Denn Kerschbaumer stand mitten im Wald. Tannen mit feinem Schneeüberzug ragten über ihm weit in den bleiernen Himmel. Und vor ihm lag etwas, was einmal eine Person mit Gefühlen und Träumen gewesen war. Wo immer diese Gefühle und Träume jetzt waren: In der Person waren sie jedenfalls nicht mehr. Die Frau lag auf dem Rücken im Eingang des Stadls und war außergewöhnlich hellblond, vermutlich färbte sie, aber der Ansatz war kaum zu sehen. Ihre Haare waren aufgeföhnt und elegant gewellt, selbst jetzt noch, wo sie sich auf der festgetretenen Erde ausbreiteten. Die Augen waren halb offen und blickten wie über ein Kochrezept sinnierend zur Seite. Der Mund war geschlossen, was auf einen Tod erst in den letzten vierundzwanzig Stunden hindeutete – die Kiefermuskulatur stand noch unter Spannung. Vom Brustbereich abwärts schillerte ihr Körper purpurn, und auch um sie herum hatte sich eine große, dunkle Pfütze gebildet. Sie musste nahezu ihr gesamtes Blut verloren haben. Hinter ihr stapelten sich leere Getränkekisten von der Unterwirt Hüttn, der nahe gelegenen Berghütte, die einmal pro Woche über den hier vorbeiführenden Versorgungsweg abtransportiert wurden.

»Das ist ja eine schöne Sauerei«, schimpfte Viktor Kriechnitz von der Abteilung Spurensicherung der Landespolizeidirektion Kärnten, während zwei Kollegen die Fußspuren fotografierten und die Umgebung nach verwertbaren Schnipseln absuchten. Kriechnitz hielt sich dabei auffallend zurück. Wie ein erfahrener italienischer Wirt in seiner Osteria dirigierte er die Untergebenen mit dem Kinn, das immer wieder hervorzuckte und in eine bestimmte Richtung wies. Er war verdammt stolz auf sich, auch beim Anblick einer Leiche den coolen Hund zu mimen. Revierinspektor Volker Feiersinger dagegen blickte betreten, und auch seine Kollegin, Inspektorin Hilde Hofgärtner, schluckte. Kerschbaumer ließ der Anblick ebenfalls nicht kalt. Feiersinger und Hofgärtner waren die beiden Polizeibeamten, die in Bad Kleinkirchheim ein beschauliches Leben führten, das nun auf so dramatische Art unterbrochen worden war.

»Sie hatte ihren Ausweis dabei. Eine Slowenin. Swetlana Kastelic. Einundzwanzig Jahre alt, das arme Ding«, erklärte Inspektorin Hofgärtner. »Sie arbeitete als Putzfrau im Hotel Pulracher.«

»Das heißt *Zimmerservice*«, verbesserte Revierinspektor Feiersinger.

»Das heißt *graduierte Raumkosmetikerin*«, schmunzelte Kriechnitz. Seine gute Laune hing so irritierend in der Luft wie WC-Spray. Kerschbaumer blickte ihn scharf an, doch der wütende Blick prallte an einer Mauer aus Arroganz ab und zersprang am Boden in tausend Stücke. Dann sprach Kerschbaumer mit Ernstl, dem Entdecker der Leiche, doch das Kärntnerisch schaffte ihn, und der Skilehrer hatte auch nicht mehr zu sagen als das, was er schon längst zu Protokoll gegeben hatte.

Notgedrungen wandte Kerschbaumer sich also wieder an Kriechnitz. »Schnee. Gut, oder?«, fragte er und deutete auf die Fußspuren, die vom Tatort wegführten und in denen sich ebenfalls Blut fand.

»Ja, vielleicht haben wir Glück und können sogar die Marke der Schuhe ermitteln.« Kriechnitz ordnete Fotos der Spuren an, und die digitalen Kameras klickten ihre monotone Melodie.

Kerschbaumer betrachtete Swetlanas Halbschuhe. »Nicht gerade geeignet zum Wandern, oder?«

»Nein.«

»Was wollte sie hier? Sie hatte doch sicher nicht vor, Pfandflaschen zu klauen.«

»Hmm, nein.« Die Assistenten bekamen ein Kinn von Kriechnitz und erweiterten ihren Radius.

Kerschbaumer blickte die Tote an. »Haben Sie Handschuhe gefunden?«

»Was meinen Sie?«

Kerschbaumer betrachtete die rosa lackierten Fingernägel der Leiche. »Sie trägt eine dicke Daunenjacke und einen mehrfach gewickelten Schal, aber keine Handschuhe. Finden Sie das nicht ungewöhnlich?«

»Hmmm«, machte Kriechnitz.

»Darf ich?«, fragte Kerschbaumer. Kriechnitz gab ihm ein paar Plastikhandschuhe. Damit tastete der Wiener Chefinspektor vorsichtig die teure Jacke ab. Die Handschuhe steckten in den beiden tiefen Außentaschen.

»Na, da haben Sie Ihre Handschuhe«, lächelte Kriechnitz.

Kerschbaumer nickte, aber es kam ihm trotzdem seltsam vor. »Was ist mit ihrem Handy?«

»Bislang noch nix.«

»Sie geht am Abend aus dem Haus und hat ihren Ausweis dabei, aber nicht ihr Handy. Eher ungewöhnlich für eine Einundzwanzigjährige.«

Kriechnitz blickte Kerschbaumer verschlagen an. Augenscheinlich mochte er keine klugen Menschen. »Wir haben ihre Nummer im Hotel erfragt, bereits eine Handyortung beantragt und aufgrund der Dringlichkeit genehmigt bekommen.«

»Und?«

»Leider ohne Ergebnis.«

»Das ist mysteriös.«

»Entweder es ist ausgeschaltet, der Akku ist leer, es liegt in einer Höhle oder es wurde äußerst gründlich und fachmännisch mit einem Hammer zerstört.«

Kerschbaumer erinnerte sich an den Haschischdealerring in Wien, der seine alten Handys stets in kochendes Wasser warf. »Das heißt dann vermutlich, dass es absichtlich, nun ja, entsorgt wurde. Versuchen Sie es mit einer Funkzellenabfrage. Das sollte kein Problem sein.« Mit dieser Abfrage konnten die Ermittler mit etwas Glück den Weg eines Handys über die letzten Tage nachverfolgen.

»Schauen S' mal hier, wir haben noch etwas gefunden.« Kriechnitz holte ein bereits in Zellophan verpacktes potenzielles Asservat hervor. Es war ein dunkelbrauner Aktenkoffer aus Leder im Börsenmaklerstil der 1980er-Jahre mit vergoldetem Zahlenschloss.

»Offen, leer und nass«, erklärte der Chef der Spurensicherung. »Wir wissen allerdings nicht, ob er etwas mit dem Mord zu tun hat.«

»Wo lag er?«

»Da hinten, unter den beiden Fichten.« Kriechnitz zeigte auf eine Stelle in etwa zwanzig Metern Entfernung vom Tatort.

»Fußspuren?«, fragte Kerschbaumer.

»Nein. Aber er könnte auch dorthin geschleudert worden sein. Lange liegt er jedenfalls noch nicht im Freien.«

»Dann untersuchen Sie ihn mal auf Fingerabdrücke und alles Sonstige.«

»Selbstverständlich.« Kriechnitz verdrehte ungeniert die Augen. Wollte dieser Wiener ihm etwa erklären, wie Ermittlungsarbeit funktioniert?

Über den Waldweg hatte sich inzwischen eine Ambulanz bis auf zweihundert Meter genähert. Die Sanitäter mussten den restlichen Weg zu Fuß zurücklegen, um die Trage heranzubringen. Mit etwas Mühe legten sie den Körper darauf. Und Kerschbaumer fiel dabei auf, dass Swetlana recht groß war, bestimmt an die eins achtzig.

Dann kam ein weiteres Fahrzeug herangefahren, ein Lieferwagen. Auf den Seitentüren stand: »Der flinke Fischer – Denkmal-, Fassaden- und Gebäudereinigungsmeister, Inh. Horst Fischer«.

Auch nach zwanzig Jahren im Beruf und unzähligen Begegnungen zuckte Kerschbaumer immer noch zusammen, wenn diese Menschen mit Kriminalfällen zu schaffen hatten. In Österreich durften ausgebildete Denkmal-, Fassaden- und Gebäudereiniger mit Meisterbrief nämlich auch Tatorte reinigen.

»Wir brauchen hier noch eine Weile«, rief Kriechnitz, als sich der Fahrer näherte.

»Ich hab Zeit, die Arbeit läuft ja nicht weg«, entgegnete Inh. Horst Fischer fröhlich, ging zum Wagen zurück und öffnete die Hintertüren, um erste Gerätschaften hervorzuholen.

»Bis wann können wir mit den Ergebnissen rechnen?«, fragte Kerschbaumer.

»Die Todesursache kann ich Ihnen auch sofort sagen«, schmunzelte Kriechnitz, der verfluchte Spaßbolzen.

5. Im ersten Haus des Ortes

Swetlana hatte ein Zimmer in einer Pension bewohnt, gemeinsam mit ihrer Kollegin Martina, einer stämmigen Belgierin mit tschechischem Vater, die im Spa des Pulracher als Masseurin arbeitete. Die Pension war von der einfacheren Sorte und ganzjährig vom Hotel fürs Personal angemietet worden. Es war ein karger, aber sauberer Raum mit zwei Betten und zwei Nachttischen, einem großen Schrank und einem WC mit, immerhin, Badewanne. Von dem kleinen Fenster konnten die beiden Bewohnerinnen den Ausblick auf ihre Arbeitsstelle genießen. Wie romantisch. Beide hatten sich etwas wohnlicher eingerichtet, mit Postern und Fotos über ihren Betten. Bei Swetlana waren es italienische und amerikanische Schauspieler mit einem deutlichen Tom-Holland-Schwerpunkt, dem aktuellen Spider-Man. Über Martina, die mit verheulten Augen auf ihrem Bett saß, hingen jede Menge Familienfotos.

»Es tut mir sehr leid um Ihre Kollegin«, sagte Kerschbaumer.

»Freundin«, verbesserte Martina und schluchzte auf.

»Ich weiß, es ist jetzt sehr schwer, darüber zu sprechen. Aber können Sie sich vorstellen, wer zu einer solchen Tat fähig wäre?«

Martina schüttelte energisch den Kopf. Kerschbaumers Hand bekam eine Träne ab.

»Ist Ihnen in der letzten Zeit etwas Ungewöhnliches aufgefallen? War Swetlana irgendwie verändert?«

»Sie war wie immer«, brachte Martina mit erstickter Stimme hervor.

»Hatte Swetlana einen Freund?«

Martina schüttelte den Kopf. Und Kerschbaumer erkannte, dass hier und heute wenig zu holen war.

»Die Spurensicherung wird gleich da sein«, sagte er. »Ich bitte Sie, das Zimmer zu verlassen und nichts mitzunehmen. Hier ist noch meine Karte. Melden Sie sich, wenn Ihnen noch etwas einfällt.«

Martina blickte verdutzt auf Kerschbaumers Visitenkarte, eine Reaktion, die er in den letzten Jahren immer wieder bei jungen Leuten beobachtet hatte, denen Visitenkarten mit aufgedruckten Namen und Telefonnummer drauf wie ein geheimnisvolles Relikt aus der Zeit der Pyramiden vorkamen.

***

Hinter dem Rezeptionstisch des Hotels Pulracher kam ein serviler Kerl hervorgeschossen (Krawatte, Siegelring), der sich als »Guest Manager« vorstellte. Den Kopf unter dem gegelten und scharf zurückgekämmten Haar permanent schräg haltend, entschuldigte er die Abwesenheit der Chefin: »Frau Pulracher ist auf einem wichtigen Termin in Wien«, hechelte er. »Sie ist soeben von uns unterrichtet worden und kommt gleich morgen Vormittag zurück.«

Kerschbaumer nickte. »Ich würde gern mit einigen Ihrer Mitarbeiter sprechen.«

»Aber selbstverständlich, selbstverständlich. Sie haben nichts dagegen, wenn ich dabei sein werde?«

Kerschbaumer hatte etwas dagegen.

Doch auch hier zeigte sich schnell, was Kerschbaumer schon von vielen Ermittlungen kannte: Unter dem Schock einer schweren Straftat stehend, gab das Umfeld nur Gestammel und Banalitäten von sich. Er sprach mit den Mitarbeitern des Zimmerservice, mit Köchen und mit einer weiteren Spa-Mitarbeiterin, mit der Swetlana in der letzten Saison zusammengewohnt hatte. Sie war, bestätigten alle, fröhlich und beliebt gewesen (niemand sagte je etwas anderes über eine frisch Ermordete), niemand könne sich auch nur irgendetwas erklären. Kerschbaumer seufzte. Hier war nicht viel zu holen. Er würde ein paar Tage vergehen lassen müssen. Und er wusste jetzt schon, dass dieses Zeitfenster niemandem schmeckte. Nicht den Vorgesetzten, nicht den Medien, und genau genommen nicht einmal ihm selbst.

6. Kleinere Nebengeschäfte

Die Polizeiwache in Bad Kleinkirchheim lag im ersten Stock eines schmucklosen Neubaus an der Hauptstraße des Ortes, direkt über der Bäckerei Weissensteiner, aus der unaufhörlich der Duft frischen Brotes an Wendelin Kerschbaumers unter Entzugserscheinungen leidende Nase drang. Leckereien aus Weizenmehl hatte er sich für die Dauer seiner In-Form-kommen-Diät untersagt. Wenigstens diesbezüglich wollte er standhaft bleiben. Und bestimmt gab es dort doch auch Vollkornprodukte …

Die Wachstube, die über einen gewöhnlichen Hauseingang zu erreichen war und von dessen Flur auch noch andere Wohnungen abgingen, wirkte nicht gerade wie ein agiles Zentrum zur Verbrechensbekämpfung. Aber schwere Straftaten waren ja auch selten.

An der Wand neben dem Eingang hing eine Karte Kärntens. Das Bundesland eignet sich wie kein zweites für eine kartografische Darstellung, ähnelt es doch einem relativ gleichmäßig gestürzten Rechteck und passt sich somit wunderbar einer Kartendarstellung an. Bad Kleinkirchheim liegt ziemlich genau dort, wo man das Bundesland, wäre es ausgeschnitten und aus Karton, auf dem Zeigefinger balancieren würde. Bis der Kurbetrieb anlief, dauerte es zwar knappe neunhundert Jahre, doch seitdem gehört »BKK« (wie die Österreicher sagen) oder »Bad« (wie es die Italiener nennen) zu einem der meistbesuchten Urlaubsorte Österreichs. BKK, auf tausend

Metern gelegen, hat zudem das Glück, nicht nur Winter-, sondern auch Sommertouristen anzulocken. Es liegt mit seinen tausend Metern hoch genug für schneebedeckte Pisten und gleichzeitig flach genug für lauschige Sommerabende bei angenehmen 25 Grad Celsius.

Doch weil es ja immer noch mehr Touristen geben kann, wurde ständig an mehrsprachigen Kampagnen getüftelt. Ein Pfiffikus vom Tourismusverband versuchte beispielsweise seit Jahren, für die Nockberge den Begriff *Nocky Mountains* durchzusetzen.

Abgesehen von Auswüchsen solcher Art hatten die Touristiker aber durchaus Erfolg, was an Wendelin Kerschbaumer exemplarisch belegt werden konnte. Der Wiener hatte einmal zu oft über den Ort gelesen und ihn daher zum Refugium erkoren, zumal die Hotelpreise zu Saisonbeginn günstig waren. Auch die Verkehrsanbindung war perfekt, nur zwanzig Kilometer vom Autobahnknoten Villach, wo sich A2, A10 und A11 trafen, dreieinhalb Stunden hatte er von Wien gebraucht.

Feiersinger schien die Kärnten-Karte an der Wand der Wache zu lieben und hatte einige Orte mit Stecknadeln mit roten Köpfen markiert – und zwar jene, in denen er schon ermitteln durfte. Die meisten Stecknadeln kreisten um Bad Kleinkirchheim. Aktenschränke nahmen eine Seite des Raums ein. Sie waren akkurat beschriftet, von A bis Z perfekt geordnet und offenbar staubfrei. Kerschbaumer ahnte, dass auch hierfür Feiersinger verantwortlich war.

Die klobigen Computer, die auf den zwei Schreibtischen thronten, flackerten mit giftgrünem Display, nur Inspektorin Hofgärtner arbeitete mit flinken Fingern auf einem schmalen Laptop der Marke Apple. Die Telefonapparate mit ihren vielen Knöpfen gehörten wie die Computer eher ins Museum für Völkerkunde. Kerschbaumer wunderte sich, aber die Verbrechensstatistik rechtfertigte anscheinend keine Erneuerung technischer Gerätschaften.

In der Küchenecke kämpfte eine Filtermaschine der Marke Privileg ein stilles Rückzugsgefecht gegen eine Kapselmaschine der Marke Nespresso, ein harter nord-südlicher Kulturkampf, Goethe gegen Dante, Butter gegen Olivenöl, Filterkaffee gegen *caffè espresso*. Der Norden war auf dem Papier zum Scheitern verurteilt, punktete aber durch weitgehende Wartungsresistenz, wohingegen die Filterflüssigkeit für die Entkalkung der Nespresso-Maschine bestellt, aber noch nicht eingetroffen war. Also regierte vorerst die Privileg-Filtermaschine. Kerschbaumer entkam ein schweres Seufzen.

»Sind die Angehörigen schon verständigt worden?«, fragte er schließlich und schob die Tageszeitungen zusammen, die von dem Mord berichteten.

»Wir haben schon mit den slowenischen Kollegen gesprochen. Viele Verwandte gibt es nicht«, referierte Feiersinger. »Der Vater ist schon vor vielen Jahren bei einem Verkehrsunfall ums Leben gekommen, die Mutter ist mit schwerer Multipler Sklerose ans Bett gefesselt und nicht nur körperlich, sondern offenbar inzwischen auch geistig angeschlagen. Einen Bruder gibt es, Mirko, wir haben ihm eine Nachricht auf seiner Mailbox hinterlassen. Er hat sich noch nicht gemeldet.«

Kerschbaumers neue Kollegen machten einen angenehmen Eindruck. Sie hatten ihm sogar eine kleine Ecke des Doppelschreibtischs freigeräumt und einen der Computer dort platziert.

Revierinspektor Volker Feiersinger, ein hagerer, kleiner Kerl um die dreißig, nickte stets freundlich und bewegte die Lippen, wann immer Kerschbaumer etwas sagte, als wollte er dessen Worte in seinem eigenen Mund auf Tauglichkeit überprüfen oder sie im Gaumen auf ihre tiefere Bedeutung schwenken wie einen Schluck Rotwein. Er trug eine Frisur, der man ansah, dass man sie ihm irgendwann mit zwölf Jahren verpasst hatte und dass er sie bis zu seinem Lebensende nicht mehr zu ändern gedachte.

Inspektorin Hofgärtner trug ihr Haar zusammengebunden in einem Pferdeschwanz und eine schwarz geränderte Brille, hinter der hellblaue Augen neugierig in die Welt blickten. Ihre helle, völlig makellose Haut schimmerte wie Porzellan. Kerschbaumer besah sich ihre Figur, aber nicht aus sinnlichem, sondern aus sportlich-diätetischem Interesse. Redete er sich ein. *Definitiv athletisch,* dachte er anerkennend und strich sich über den eigenen, definitiv unathletischen Bauchansatz.

»Gut. Gibt es irgendetwas über das Opfer, das wir wissen müssen?«

»Nein, keinerlei Einträge bei Interpol, eine blitzsaubere Akte. Der Bruder hingegen – na, sehen Sie selbst.«

Kerschbaumer beugte sich über Hofgärtners Schulter und freute sich über das angenehme Parfüm, das irgendwie vanillig roch. Er war diesbezüglich kein großer Experte, aber es duftete gut. An den Bewegungen ihrer schmalen Hände bemerkte er, dass sie ihren Computer beherrschte.

Bruder Mirko jedenfalls, acht Jahre älter als Swetlana, war in seinem nur neunundzwanzigjährigen Leben schon vier Mal verurteilt worden, zwei Mal wegen Fahrens ohne Führerschein und zwei Mal wegen Hehlerei. Auch die Strafen wegen Hehlerei, je sechs Monate Haft und beim zweiten Mal sechs Monate Hausarrest obendrauf, hatten mit Autos zu tun. Er hatte es offenbar mit Motoren.

Es hatte an der Tür geklingelt, eine Empfangsperson besaß die Wache in Bad Kleinkirchheim jedoch nicht. Also drückte Revierinspektor Feiersinger auf den Summer, und schwer atmend stand bald ein Mann im ersten Stock in der Tür der Polizeiwache. Hofgärtner bot ihm einen Platz auf dem Besucherstuhl an. Noch im Dankesagen plumpste er in die Plastikschale, die für Gäste vorgesehen war und von wackligen, verchromten, wenig Vertrauen einflößenden Streben gehalten wurde.

Alles an dem Besucher war üppig: die fleischigen Lippen, die geplatzten Äderchen rund um die dicke Nase, die großen, hervorstehenden Augen, das bürstendichte, rotstichige Haar. Der Besucher war nicht dick, eher von oben bis unten breit, wie eine Litfaßsäule. Er trug eine Zehntausend-Euro-Uhr, was Kerschbaumer seit dem Raubmord im vierten Bezirk sofort abschätzen konnte, und wie immer bei solchen Uhren fragte man sich unwillkürlich, ob dieser Mann sehr gut oder sehr schlecht mit Geld umgehen konnte.

Wilhelm Wiedehopf war Bayer und Stammgast im Hotel Pulracher. Er war auf geschmacklose Art teuer angezogen, mit Loden und Hirschleder behangen, was ihn wie den Laiendarsteller eines alpinen Paten wirken ließ. Allerdings kullerten aus seinen Glupschaugen Tränen. Dicke, fleischig wirkende Tränen.

Kerschbaumer trank Orangensaft, den er sich von der Bäckerei geholt hatte. Er schmeckte, als wäre jemand eine Wette eingegangen, dass er Orangensaft machen könnte, ohne eine einzige Orange zu benutzen.

»Ach, Swetlana«, schluchzte die Litfaßsäule.

»Kannten Sie sie näher?«, fragte Feiersinger einfühlsam.

»Sie war so süß, sie war so zart ... Wie ein Engel, so ein unschuldiges, rührendes Ding ...«

»Demnach waren Sie miteinander gut bekannt. Haben Sie einen Verdacht, wer ...?«

»Ach, und im Bett, ich sag's Ihnen«, Wiedehopf tupfte sich die Tränen mit einem weiß-blau karierten Stofftaschentuch aus den Augen, »da war sie eine Granate, wie ich nie eine hatte.«

Der Löffel, mit dem Feiersinger seinen Kaffee umgerührt hatte, verharrte in seiner Position. Hilde Hofgärtner schluckte, aber die Luft blieb ihr auf halbem Weg im Hals stecken. Die Plastikmoleküle in Kerschbaumers Orangenersatztrank hielten kurz in ihrem schändlichen Treiben inne. Die Wolken zogen nicht mehr vorbei, die Erde hörte auf, sich zu drehen. Das gesamte Universum riss die Augen auf und zog die Brauen empor.

»Äh?«, fragte Revierinspektor Feiersinger, und Kerschbaumer fand, dass dies genau die passende Reaktion war. Eine bessere wäre ihm auch nicht eingefallen.

Die hübsche Swetlana habe nebenbei noch etwas hinzuverdient, berichtete Wilhelm Wiedehopf. Er habe sie zwar sehr gemocht, sei aber nicht der Einzige gewesen, erklärte er bedauernd. Ihre Tarife konnten mit großstädtischen Escort-Damen der höheren Ränge mithalten, aber Bad Kleinkirchheims Touristen – und die Einwohner, die von ihnen lebten – seien ja auch eine wohlhabende Gruppe.

Sie war bildhübsch und sie wusste es, wie ihr Instagram-Account verriet, den Feiersinger sofort am Bildschirm aufrief. Sie posierte vorzugsweise und sehr gekonnt im Bikini. Wenig passend zur Jahreszeit, aber eindeutig überzeugend. Im Pulracher traf sie zudem auf zahlungskräftige Kundschaft, die sich darüber hinaus in Urlaubs-, also Spendierlaune befand.

»Und darum bin ich bereit, zehntausend Euro aus eigener Tasche für Hinweise auszuloben, die zur Aufklärung dieses furchtbaren Verbrechens führen«, erklärte der rustikale Bayer. Ansonsten könne er aber leider nur wenig Hilfreiches aussagen, war er doch erst am Vortag angereist. Er habe sich schon sehr auf Swetlana gefreut, die er zuletzt im Sommer gesehen hatte, in Zimmer 203, wie er zwinkernd hinzufügte.

»Sechs Knöpfe links, einer fehlt«, murmelte Feiersinger wie zu sich selbst, nachdem der Bayer gegangen war. Er meinte offenbar den Lodenmantel des spendierfreudigen Zeugen.

»Machen Sie sich nichts draus«, flüsterte Inspektorin Hofgärtner, »er hat einen Zahlentick.«

Kerschbaumer nickte. »In einem Agatha-Christie-Krimi wäre das im Lauf der Ermittlungen vielleicht irgendwann sehr nützlich.«

7. Schnipsel & Notizen

»Ich denke, ein bisschen was haben wir herausgefunden«, schnarrte Kriechnitz aus dem Telefonlautsprecher. »Zunächst die Tatzeit: ziemlich genau Mitternacht, plus minus eine Stunde.«

»Ist die Hütte oder der Weg dorthin beleuchtet?«, fragte Kerschbaumer seine mithörenden Kollegen.

Hofgärtner schüttelte den Kopf.

»Die Schuhspuren, die zum Tatort und auch von ihm weg führen, gehören zu Stiefeln der Marke Timberland, Größe siebenundvierzig.«

»Das ist groß und definitiv männlich.«

»Ja, auch die Tiefe des Stichs spricht für einen männlichen Täter, sagt unser Doc. Ziemlich sicher Rechtshänder außerdem.«

»Hmmm«, schrieb Kerschbaumer mit.

»Eine kleine Überraschung habe ich dann doch noch für Sie«, frohlockte Kriechnitz. »Swetlana ist nicht erstochen worden.«

»Wie bitte?«

»Unter dem Schal waren heftige Würgespuren, der Kehlkopf war eingedrückt. Sie war vermutlich schon tot, als das Messer sie traf. Allerdings liegen das Würgen und der Messerstich zeitlich so nah beieinander, dass nicht hundertprozentig auszumachen ist, was nun die finale Todesursache war. Ein, hihi, Doppelmord, könnte man sagen.«

»Warum beides?«

»Der Mörder wollte auf Nummer sicher gehen?«, überlegte Hofgärtner.

Kerschbaumer nickte wie abwesend, war aber nicht überzeugt von ihrer These. Solcherlei Morde kamen in der Realität so gut wie nie vor. Sollte hier ein Zeichen gesetzt werden?

»Wir haben außerdem am Tatort noch zwei Zeitungsschnipsel gefunden und in der Wohnung des Opfers ein aufschlussreiches Notizbuch.«

»Ein Notizbuch, sieh an. Kein Handy?«

»Nein, leider nicht. Ich schicke Ihnen alles per Kurier vorbei, die Spuren haben wir gesichert. War aber nicht viel, nichts bei den Zeitungsschnipseln, nur ein Haar im Notizbuch, wohl von Swetlana. In einer Stunde haben Sie alles.«

»Was ist mit dem Koffer?«

»Jetzt verderben Sie mir doch nicht die größte Überraschung«, gluckste Kriechnitz, der Spaßvogel. »Auf dem Aktenkoffer, Marke Goldpfeil übrigens, Produktionsjahr um 1995, konnten wir tatsächlich Swetlanas Fingerabdrücke feststellen.«

Kerschbaumer setzte sich ruckartig auf. »Das ist ja ein Ding. Und sonst?«

»Nur Spuren von Druckerschwärze, vielleicht lagen Zeitungen darin.«

»Zeitungen …« Kerschbaumer grübelte.

Kerschbaumer betrachtete zunächst die Schnipsel. Es waren zwei gleich große Zeitungsausschnitte aus dem Sportteil der *Krone*, doch in beiden Fällen waren die Artikel merkwürdig gestutzt, sodass einmal (Spielbericht der Ersten Eishockeyliga zwischen dem Rekordmeister Klagenfurter AC und den Erzrivalen Vienna Capitals) der Beginn fehlte und einmal (Anna Gassers Training auf den Gletschern in Obertauern) das Ende. Ein Teil der Druckerschwärze war verwischt, weil die Schnipsel im Schnee gelegen hatten.

Währenddessen hatte Feiersinger das Notizbuch durchgeblättert, ein hübsches, liniertes A-bis-Z-Verzeichnis, in Leder eingebunden. »Vierunddreißig Namen. Die meisten, sechs, unter dem Buchstaben H.«

»Identifizierbar?«

»Viele sind nur mit Kürzeln drin, aber die Telefonnummern, wenn sie nicht in irgendeiner Form codiert sind, sollten wir nachvollziehen können. Der Vorwahl nach sind es fünf aus Deutschland, drei aus den Niederlanden, elf aus Italien, zwei aus Slowenien. Der Rest aus Österreich.«

»Gut. Bitten Sie die zuständigen Stellen um Amtshilfe. Die Kollegen sollen erfragen, in welchem Verhältnis die jeweilige Person zu Swetlana stand, wann sie sie das letzte Mal gesehen hat und so weiter. Außerdem will ich ein Alibi. Von allen, die mehr als dreihundert Kilometer entfernt sind, reicht mir eines für den Nachmittag. Bei allen, die näher wohnen, will ich eines für den Abend.«

»Das wird eine Mordsarbeit«, greinte Feiersinger.

»Wer am Telefon nichts sagen will, soll schleunigst einen Urlaub in Bad Kleinkirchheim buchen. Sonst schicken wir die Kollegen in voller Mannstärke zu ihnen. In die Arbeit, daheim, wohin auch immer.«

Feiersinger lächelte. »Das ist eine gute Idee.«

Kerschbaumer bekam einen Anruf vom Polizeipräsidium in Kärnten. Die Pressekonferenz war für den morgigen Tag, sechzehn Uhr, in Bad Kleinkirchheim anberaumt worden. Eine schlau gewählte Zeit, wie ihm der Polizeipräsident kichernd versicherte: Die Medien bekamen ihre News, hatten aber nicht mehr allzu viel Zeit zum Nachbohren.

Der Abend kam schnell, und nach einem gehaltvollen Holzknechtpfandl im Landhausstüberl fuhr Kerschbaumer in sein Hotel zurück. Als Mann der Großstadt konnte er die Stille nicht leiden, daher hatte er sich im Kirchheimerhof ein Zimmer möglichst nah an der Piste geben lassen, sodass er am Abend und am Morgen das Brummen und Piepen der Pistenraupen hören konnte. Tagsüber sollte mit der beginnenden Skisaison bald noch der eine oder andere Rettungshubschrauber hinzukommen.

TAG 2 DER ERMITTLUNGEN

Mittwoch, 6. Dezember, Nikolaustag

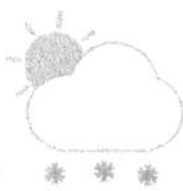

WETTER

Unschlüssige Wolkenbildung, vereinzelte Sonnenflecken, am Abend ergiebiger Schneefall.

PISTENBERICHT

Einem illegal unterrichtenden Skilehrer aus Polen wurden die Reifen seines Toyota Corolla zerstochen.

8. Der rasende Mirko

Kerschbaumer hatte seinen Koffer konsequent ausgeräumt und alles in den wuchtigen Schrank sowie in die Kommode verräumt. Das war für ihn ein wichtiges Ritual, immer wenn er ein Hotelzimmer bezog, das er auch beherzigte, wenn er für Schulungen oder Vorträge irgendwo nur eine Nacht blieb. *Heimat schaffen*, nannte er das.

Ein weiteres Ritual war das konsequente und beinahe tägliche Entleeren der Knabbereien aus der Minibar, Diät hin oder her. Zwar lebte er mit seinen Bezügen nicht auf ganz großem Fuß, aber es war für ihn eine Frage der Ehre, sich nicht von acht Euro für hundert Gramm versalzene Erdnüsse abschrecken zu lassen.

Außerdem mochte er den Luxus eines schönen Hotels. Bei Schulungen und Vorträgen war er meist in üblen Hütten mit welligen Tapeten und Schmutzrändern im Bad untergebracht. Jeden Augenblick erwartete er, Norman Bates an der Rezeption oder ein staubiges Skelett in irgendeinem Sessel zu finden. Im Kirchheimerhof drohte das glücklicherweise nicht: In seinem Zimmer gab es dezente Beleuchtung, Parkettboden, ein Bett mit elegant geschwungenem Kopfende und einen Flachbildfernseher zum Ausziehen – doch, das hätte sogar seiner anspruchsvollen Ex-Frau gefallen. Auch wenn für sie der Flachbildfernseher gern etwas größer hätte sein dürfen, das Kopfende des Bettes eleganter geschwungen, die Beleuchtung noch dezenter, der Parkettboden irgendwie parkettiger. Es war, erinnerte sich Kerschbaumer mit einem wohligen Schaudern, nie einfach gewesen mit ihr.

Besonders gern setzte er sich nach dem Frühstück noch an die Bar, trank einen Espresso und blickte aus dem Fenster. Cappuccino wäre ihm lieber gewesen, aber diese verflixte Diät … Andererseits fühlte er sich mit der Pfütze im Glas wie ein echter Italiener, ein lässiger *gentiluomo*, der mit zwei Fingern die kleine Tasse elegant an die Lippen hebt. Und immerhin hatte er ja italienisches Blut in den Adern. Den Barmann konnte er mit seinem Gehabe allerdings nicht beeindrucken, denn der kam aus Bosnien.

***

Swetlanas Bruder Mirko war am Morgen in Bad Kleinkirchheim eingetroffen. Er war sehr groß, noch einmal deutlich größer als seine Schwester, mindestens eins neunzig, hatte eingefallene Wangen und tief in den Höhlen liegende Augen. Es schien, als könne die Gesichtshaut nur mit größter Mühe den Schädel umspannen. Insgesamt hatte er die Aura eines sadistischen Rausschmeißers, der seine Schlägereien durch pure Verschlagenheit gewann.

»Wer war?«, fragte er auf der Wache in bestem gebelltem slawischem Deutsch. Das Einzige, was vage an seine Schwester erinnerte, waren die schönen, vollen blonden Haare, die an ihm allerdings zu allen Seiten abstanden und wie eine Perücke wirkten.

»Wir haben Sie zu erreichen versucht«, bemühte sich Revierinspektor Feiersinger in vorbildhaftem Bürokratendeutsch.

»War verreist. Handy ist alte Nummer.«

Mirko wirkte nicht gerade traurig, sondern eher zornig. Was allerdings, wie Kerschbaumer aus Erfahrung wusste, keine ungewöhnliche Reaktion enger Angehöriger bei schweren Straftaten war, insbesondere junger Männer. So schonend wie möglich brachte Kerschbaumer Mirko bei, dass seine kleine Schwester einige Männerbekanntschaften unterhielt, die ihr Einkommen aufbesserten, doch man stehe noch am Beginn der Ermittlungen und man wisse nicht, ob diese Tätigkeit in einem Zusammenhang mit dem Mord stünde, man forsche in alle Richtungen.

Mirko hörte aufmerksam zu und nickte dabei langsam. »Ich bleibe hier, bis aufgeklart«, sagte er schließlich, was ein verständlicher Wunsch war, bei Kerschbaumer aber aus einem unbestimmten Grund Unbehagen auslöste.

»Es kann dauern, bis wir greifbare Ergebnisse bekommen. Machen Sie sich keine Umstände. Außerdem ist Slowenien ja nicht weit. Auch bei der Überführung Ihrer Schwester können wir helfen, damit wir nicht …«

»Danke, lieber hier.«

Das roch nach Komplikationen, aber Kerschbaumer konnte Mirko das Bleiben in Bad Kleinkirchheim schlecht verbieten.

Nachdem Mirko sich mit einem recht nachdrücklichen Nicken verabschiedet hatte, blickte der Chefinspektor aus dem Fenster auf den Parkplatz und sah dort nur ein einziges Auto mit slowenischem Kennzeichen: einen mit Goldfolie verklebten Golf R. Tatsächlich stieg Mirko in den Wagen ein. Höher motorisiert bekam man das Wolfsburger Modell nicht, wusste Kerschbaumer, mit seinen dreihundert PS und dem geringen Gewicht konnte er es mit jedem Porsche aufnehmen. Es musste Mirko gejuckt haben, mit quietschenden Reifen vom Polizeiparkplatz davonzuschießen, aber er beherrschte sich.

***

Am Nachmittag, zur Identifizierung der Leiche im Krankenhaus Spittal, kam Mirko nicht allein. Zwei Männer etwa in seinem Alter saßen mit im Auto. Bizarrerweise saßen sie beide im Fond, der Beifahrersitz blieb frei. Nur Mirko stieg aus; an der Seite von Kerschbaumer erledigte er im grell ausgeleuchteten Untergeschoss der Klinik die leidige Pflicht, seine Schwester zu identifizieren. Die Spuren der Obduktion verhüllte das Leichentuch, nur der Kopf war abgedeckt. Mirko blieb ruhig und hatte die ohnehin schmalen Lippen im Kühlraum noch weiter zusammengekniffen, sodass sie wie ein schwacher Strich wirkten. Mit einem Nicken bestätigte er, dass es sich um Swetlana handelte; der zuständige Arzt ließ ihn anschließend ein paar Formulare ausfüllen, um eine Überführung der Toten in ihre Heimat in die Wege zu leiten.

Als sie endlich wieder vor die Tür traten, blinzelte Kerschbaumer durch die kühle Dezembersonne, die sich durch die Wolken stahl und den goldenen Golf besonders hübsch funkeln ließ. Die beiden Passagiere waren inzwischen ausgestiegen, lehnten am Auto und rauchten. Mirko fuhr sie scharf an, woraufhin sie hastig ihre Zigaretten wegwarfen und wieder auf dem Rücksitz verschwanden. Sie waren beide von ähnlicher

Gestalt, nicht groß und nicht klein, von blasser Gesichtsfarbe und einer Physiognomie, die man schnell vergessen hatte.

»Wer sind die beiden?«

»Freunde.«

»Aha.«

»Tschip und Tschop.«

Mehr Mitteilungsbedürfnis hatte Mirko nicht, und Kerschbaumer ließ ihn davonfahren. Die beiden Burschen im Fond hatten quer über ihre Stirn das Wort »Ärger« tätowiert.

9. Journalistenauftrieb

So etwas hatte Bad Kleinkirchheim noch nicht gesehen: Bei der Pressekonferenz waren gleich acht, nein, fast zehn Journalisten anwesend, also sozusagen die ganze Welt. Sogar echte Fernsehkameras wurden aufgebaut. Ein Urlaubsblogger aus Spittal mit dreihundertzweiundachtzig Followern auf Instagram filmte außerdem mit einer Handykamera. Volker Feiersinger hatte sich eine Krawatte umgebunden, die aber so schlecht saß, dass sie den obersten Knopf seines Hemdes freigab. Hilde Hofgärtner überspielte ihre Aufgeregtheit, indem sie Wasser und Saft verteilte sowie eine frische Kanne Kaffee und Gebäck aus der Bäckerei Weissensteiner heranbrachte. Sie stammte aus einer alteingesessenen Wirtsfamilie, außerdem hatte sie ein Gespür dafür, dass nur satte Journalisten zufriedene Journalisten waren. Das galt auch für Chefinspektoren, doch Kerschbaumer hielt sich aufgrund seiner Diätbestrebungen zurück. Schon bald wurde munter gemurmelt und gescherzt, neidisch beäugt von Kerschbaumer.

Kärntens Polizeipräsident Lutz-Heiko Heil sprach sich mit Kerschbaumer ab. Er teilte dem Wiener im Wesentlichen mit, dass er selbst alles Wichtige zu sagen gedenke, was Kerschbaumer mehr als recht war, denn Pressekonferenzen waren, wie generell alle öffentlichen Auftritte, noch nie seine Stärke gewesen.

Der Polizeipräsident – Kerschbaumer kannte ihn bereits von einigen gemeinsamen Sicherheitstagungen –

war ein blutjunger Jurist, der auf dem Ticket der Regierungspartei eine rasche Karriere gemacht hatte. Mit seinen zurückgegelten Haaren sah Lutz-Heiko dem Politiker Sebastian Kurz nicht unähnlich, hatte aber ein nicht ganz so windschnittiges Gesicht. Er wirkte insgesamt eher wie ein Investmentbanker, allerdings überraschenderweise wie einer, dem man vertrauen konnte. Und das waren ja gemeinhin die gefährlichsten.

Die Pressekonferenz wurde im zweiten Raum der Polizeiwache abgehalten, der von den Büroplanern einst optimistisch als »Konferenzraum« bezeichnet worden war, nun aber mangels Konferenzen oder sonstiger Besprechungen in größerer Runde als Rumpelkammer diente und unter anderem ausrangierte Computermonitore und Feiersingers Skiausrüstung beherbergte. Feiersinger hatte alles in eine Ecke geschoben und notdürftig unter Wärmedecken versteckt. Außerdem hatte er einen Tapeziertisch aufgebaut, der für den Zweck eigentlich gut geeignet schien, bis sich herausstellte, dass die Platte zu dünn war, um die Mikrofonklemmen zu halten.

Von links nach rechts saßen jetzt Feiersinger, Kärntens Polizeipräsident Heil, Kerschbaumer und Hofgärtner am Tapeziertisch vor den Journalisten, die im Halbkreis von links nach rechts das *Krone Hitradio,* die beiden Tageszeitungen *Kleine Zeitung* und *Krone,* das neue Magazin *Österreich Heute Aktuell* und den Regional-TV-Sender *ORF Kärnten* repräsentierten. Ein Mann mit Standkamera, auf der ORF stand, filmte das Geschehen, was den Reiseblogger mit der Handykamera um seine Exklusivrechte brachte. In einem nachgeordneten Mini-Halbkreis hatten eben dieser Reiseblogger und eine

Redakteurin von *Radio Kärnten Eins* Platz genommen. Zudem war ein Vertreter der *APA* da, der *Austria Presse Agentur*, der für eine Verbreitung der Meldung in nachgeordneten Medien sorgen dürfte. Der Bürgermeister Bad Kleinkirchheims, an dem die farbige Brille auffiel, war ebenfalls hereingekommen, hielt sich aber im Hintergrund, ebenso sein Stellvertreter, ein älterer, massiger Mann, der die Journalisten so abschätzig anblickte, als wären sie ein Wiener Schnitzel aus Schweine- statt aus Kalbfleisch.

Der Investmentbanker hatte die Meute ganz gut im Griff. Lutz-Heiko Heil berichtete kurz, was es zu berichten gab, und er blieb geschickt dürr, sachlich und souverän. »Sie werden verstehen, dass wir aus ermittlungstechnischen Gründen zu diesem Zeitpunkt keine weiteren Angaben machen können«, schloss er. Die Journalisten nickten verständnisvoll. Manche konnten auch nicht anders als nicken, weil sie die Backen voller Kekse hatten. Ach, das war hier doch etwas anderes als in Wien.

»Aber ob es einen Verdacht gibt, können Sie doch sicher sagen, ohne konkret zu werden?«, schnitt eine Zwischenfrage scharf durch die harmonische Blase.

»Nein.«

»Nein, dass es keinen konkreten Verdacht gibt, oder nein, dass sie es nicht konkret sagen können?«

All diese Fragen kamen vom Vertreter von *Österreich Heute Aktuell*, jener neuen, ambitionierten Zeitung, die ausschließlich mit klugen Reportagen und spektakulären Enthüllungen glänzen wollte und sich in der Werbekampagne neckisch *ÖHA!* abkürzte, stets mit aufdringlichem Ausrufezeichen (aktueller Slogan: »ÖHA! Für das tägliche AHA-Erlebnis!«). Die Reportagen waren flott geschrieben, doch der große Pflock im Boden, der das Magazin dauerhaft etablieren konnte, war bislang noch ausgeblieben. Fragesteller Franz Ferdinand Kluibnschädl, knapp über dreißig Jahre, hatte helle Haut, die leicht fiebrig wirkte. Er sah aus wie jemand, der viel zu lange in seinem Leben auf einen Computerbildschirm geblickt hatte. Im Mundwinkel flammte ein Pickel auf, an dem er sich offenbar schon ein wenig mit den Fingernägeln abgearbeitet hatte. Aber nun hatte er ja die Pressekonferenz, die seine gesamte Energie beanspruchte und rote Flecken auf seiner Haut produzierte.

»Letzteres«, antwortete ein leicht irritierter Heil.

»Fassen wir zusammen: Der Mörder läuft also noch frei herum, und in ein paar Tagen beginnt die Skisaison?«

10. Ein Sprung in die Adria

Draußen war es längst dunkel, Feiersinger hatte den Tag nach der Pressekonferenz für beendet erklärt, Kerschbaumer und Hofgärtner saßen noch vor den Computern.

»Hast du was über Mirkos Begleiter herausgefunden?«, fragte er Hilde.

»Ja. Und nein. Sie heißen Tomislav Dolinšek und Bogdan Pavlović.«

Kerschbaumer ließ die Namen ein paar Mal lautlos über seine Zunge gleiten, dann sagte er: »Ich denke, wir bleiben bei Tschip und Tschop.«

»Völlig unbeleckte Gestalten, neunzehn und zwanzig Jahre alt. Cousins. Was vielleicht erklärt, warum sie sich ähnlich sehen.«

»*Sich ähnlich sehen* ist eine charmante Untertreibung. Sie wirken wie Zwillinge.«

»Abgebrochene Schule, Gelegenheitsjobs, keine Vorstrafen. Einmal drei Monate Fahrverbot wegen zu schnellen Fahrens.«

»Tschip oder Tschop?«

»Tschop.«

»Mit schnellem Fahren haben sie es ja. Sonst nichts?«

Hilde hob bedauernd die Schultern.

Kerschbaumer surfte schließlich selbst ein wenig herum und kam auf Swetlanas Instagram-Account. Urplötzlich stand er im adriatischen Sommer, mit den Füßen im Sand. Sah Swetlana, wie sie im Bikini an den österreichischen Badeseen posierte, aber auch in fescher Tracht vor einem Holzstoß, als Wanderin in Funktionskleidung in einer Waldlichtung, die Hände freudig ausbreitend vor einem Weihnachtsmarkt, bei einem Kaffee in einer schicken Innenstadt-Bar.

Natürlich war das alles inszeniert, aber die Illusion des Glücks war nahezu perfekt. Und diese Bilder jetzt anschauen zu müssen tat erstaunlich weh. Die Unmittelbarkeit des Glückstheaters, der schreckliche Anblick der Leiche mit dem gerade in der winterlichen Kälte sich klar abhebenden Blutgeruch – das war eine arge Sache, auch für einen robusten Kerl wie Kerschbaumer, der in seinen bisherigen Dienstjahren schon viel gesehen hatte.

Auf dem Instagram-Account fiel ihm aber noch etwas auf. Es waren die Bikini-Fotos. Er schaute aufs Datum, und es gab keinen Zweifel: Swetlana hatte innerhalb weniger Wochen sehr, sehr viele Kilos verloren, mindestens fünf bis sieben, schätzte er. Was war da los? Bei der Obduktion wurde die Leiche routinemäßig auch auf Krankheiten und Tumore untersucht, aber bei Swetlana war nichts gefunden worden. Ein pumperlgsunds Mädl, wie seine Ex-Frau sagen würde. Und jedenfalls nichts, was diesen ziemlich auffälligen Gewichtsverlust erklären würde. Doch Kerschbaumer hatte ja einen Experten für Körperkult an der Hand.

Er beschloss, gleich am nächsten Tag Werner nach einer möglichen Erklärung zu fragen.

11. Pfeffersteak mit Hilde

So viel zur Diät: Kerschbaumer arbeitete sich mit großem Vergnügen an einem Pfeffersteak vom Nockalmrind ab, jenen Tieren, die das gute Gras der umliegenden Almen genießen können und sich mit dem Ruf, besonders zartes Fleisch zu geben, schmücken dürfen. Als Großstädter war er aufgeräumte Portionen gewöhnt, denn in jedem Beisl kam das Hauptgericht neuerdings mit Schäumchen, Sphären und Chichi daher. Sattwerden galt in der von Selbstoptimierern beherrschten Großstadt als Sünde. Und nun hatte auch noch sein Lieblingslokal La Pergola im sechsten Bezirk, eine der wenigen rühmlichen Ausnahmen, wegen der verrückt hohen Mietforderungen schließen müssen. Umso mehr genoss er hier in Kärnten die schamlos üppigen Portionen, die fingerdicke Rahmsoße, den mächtigen Salat, die Kartoffelachtel. Er achtete ja schon tagsüber auf seine Ernährung, und er war strikt dagegen, Prinzipien mit in den Vorabend zu nehmen.

Derzeit befand er sich in der Gaststätte Sportalm in Bad Kleinkirchheims höher gelegenem Ortsteil St. Oswald. Auf dem Weg dorthin war ihm ein Fuchs vors Auto gelaufen, doch Kerschbaumer hatte rechtzeitig gebremst. Der Fuchs blieb stehen, Kerschbaumer blieb sitzen. Beide schauten einander lange an, dann ging der Fuchs ohne Hast weiter. Es waren diese Begegnungen, die Kerschbaumer zeigten, wie sehr ihm die Natur fehlte. In Wien wäre der Fuchs eine Kanalratte gewesen. Und hätte einfach aus Boshaftigkeit in den Reifen gebissen oder ihm den Mittelfinger gezeigt.

Er kehrte bereits zum zweiten Mal in der Sportalm ein, denn hier fühlte er sich sehr wohl. Irgendwo knisterte ein Kamin, die Wirtin brachte ihm das Weißbier schon unaufgefordert, und der Wirt schaffte es, mit jedem Gast ein Schnapserl zu trinken, ohne erkennbare Wirkung zu zeigen – es musste da einen Trick geben, auf den Kerschbaumer schon noch kommen würde. Mit Kerschbaumer übrigens trank der Wirt keinen Schnaps, es blieb bei einer freundlichen Begrüßung, der Chefinspektor rührte keinen harten Alkohol an. In Sachen harte Alkoholika hatte es nämlich ein unschönes Erlebnis in Kerschbaumers Jugend gegeben, in dem eine Wette, eine Flasche Wodka und eine Flasche Whisky involviert waren – und eine Nacht im Spital.

Natürlich wusste hier jeder, wer er war, aber das war in Wien ja nicht anders. Hier oben fühlte sich das Abendessen dennoch fast an wie im Kreis der Familie.

Und die Vertrautheiten nahmen kein Ende, denn auf einmal stand eine Frau vor ihm. »Guten Appetit!« Es war Inspektorin Hilde Hofgärtner.

Kerschbaumer erhob sich, was nicht einfach war, hatte er sich in dem Ecktisch doch ziemlich umständlich verräumt und musste seine Gliedmaßen erst einmal sortieren. Außerdem hatte er gerade einen großen Bissen Pfefferrahmsteak im Mund, was ihn insgesamt nicht wie Paul Newman wirken ließ. Um ein Haar verfehlte er mit dem Kopf die Lampe in dem schmiedeeisernen Gestell, die sehr tief über dem Tisch baumelte.

»Wollen Sie vielleicht Platz nehmen und mit mir …?«, fragte Kerschbaumer.

»Aber gern, wenn ich Sie nicht störe?«

»Wobei denn, wobei denn?«

Nun also war der anstrengende Part erledigt, die Hofgärtner hatte die Brille abgelegt und sich ein alkoholfreies Weißbier bestellt.

»Was machen Sie denn so allein hier oben?«, fragte Kerschbaumer und ärgerte sich sogleich über die Frage. In Sachen Small Talk war er eindeutig aus der Übung gekommen.

»Wissen Sie, manchmal genieße ich es, einen Abend für mich zu verbringen.«

»Ah.«

»Und heute hatte ich außerdem Ärger mit meinem … Freund.«

»Oh. Äh. Wollen Sie darüber reden?«

Hofgärtner schüttelte den Kopf, und der Pferdeschwanz liebkoste dabei ihre Schultern. Dann wollte sie aber doch sehr gern darüber reden, über diesen Nichtsnutz, der von seinen Eltern eine kleine, von selbst funktionierende Pension geerbt hatte und nun den ganzen Tag nichts anderes tat als Skifahren (Winter), Tennis und Padel spielen (Sommer) und auf Instagram vor seinem Auto posieren (Porsche Targa 4S). Gerne war er auch mal aufbrausend, wenn es nicht nach seiner Nase lief. Ein verwöhnter Schnösel, der das echte Interesse an ihr schnell verloren hatte, kaum dass sie zusammen waren. Das waren sie jetzt zum Glück aber nicht mehr. Und obwohl es Inspektorin Hofgärtner nachzuhängen schien, machte sie doch einen sehr erleichterten Eindruck.

Es begann zu schneien, große Flocken blieben an den Fenstern der Sportalm kleben, bis sie schmolzen und auf die Fensterbänke tropften. Vom Privaten hatten sie inzwischen auf ihre Fälle gewechselt. Kerschbaumer berichtete von all den kleinen Gaunereien der Großstadt, den Enkel- und Online- und Telefontricks, den Versicherungsbetrügereien und Unterschlagungen und professionellen Ladendiebstählen und von der halben Rapid-Fußballmannschaft, der ein windiger Bauunternehmer Wohnungen zum 38-Fachen der Nettojahresmiete verkauft hatte. Hofgärtner erzählte, wie sie neulich zwei deutsche Touristinnen gerettet hatten, die mit Stöckelschuhen im Wald unterwegs gewesen waren und sich verlaufen hatten. Kerschbaumer hörte mit großem Vergnügen zu. Es war, als lebten die Inspektoren von Bad Kleinkirchheim in einem Lausbuben-Film der 1950er-Jahre, wo es keinen Menschenhandel gab, keine Raubüberfälle, keine Drogendelikte und keine tiefen Abgründe. Jedenfalls bis jetzt nicht. Die Hofgärtner vertilgte mit viel Appetit einen großen Salat und sogar ein echtes Weißbier, und am Ende war man beim Du.

»Hilde? Passt so gar nicht zu dir.«

»Na ja, Wendelin ist auch nicht gerade geeignet, um die Frauen in Ohnmacht fallen zu lassen«, schoss sie mit einem Grinsen zurück.

Kerschbaumer biss sich auf die Lippen. Der Name war sein wunder Punkt. Seine Mutter hatte ein Faible für ausgefallene Vornamen gehabt, das lag in der Familie. Als sie dem kleinen Wendelin einmal die Alternativen nannte, die zur Wahl gestanden hatten (Erasmus, Dante, Fiesbert), war er um Wendelin recht froh gewesen und musste sich immer wieder in Erinnerung rufen, dass er es noch verhältnismäßig erträglich erwischt hatte.

»Und noch etwas«, fragte Hilde beinahe schüchtern. »Dein Dialekt klingt, nun ja, irgendwie eigenartig.«

Kerschbaumer lächelte, denn das bekam er öfter zu hören. »Mein Vater ist Südtiroler.« Das war die Kurzversion, denn die längere Version von Kerschbaumers Familiengeschichte würde jeden Seitenplan sprengen, enthielt sie doch Abstecher nach Tirol, Hamburg und Sizilien, führte aber in jedem Fall dazu, dass er ein relativ normales Deutsch sprach und sein Wienerisch nur herausholte, wenn es seiner Ermittlungstätigkeit diente. Hier in der Provinz wäre es eher kontraproduktiv, den Hauptstädter heraushängen zu lassen. Das wusste Kerschbaumer, wie es jeder kluge Wiener ebenfalls wusste. Als Wiener zählte man nur in Wien viel.

Insgesamt hatte Kerschbaumer, wie er fand, einen sehr schönen Abend verbracht. Der viele Schnee, der in den letzten beiden Stunden gefallen war, tauchte den Ort in eine samtene Stille und bildete eine dicke, weiche Daunendecke, auf der Kerschbaumer mit seinem Auto vergnügt zu Tal glitt.

TAG 3 DER ERMITTLUNGEN

Donnerstag, 7. Dezember

WETTER 

*Den ganzen Tag über kühl und dunkel,
erst am späten Nachmittag aufklarend.*

PISTENBERICHT

*Dem Klagenfurter Unternehmersohn
und selbst ernannten Influencer Peer A.
wurden vor dem Gasthof Einkehr die
handgefertigten Skier der Schweizer
Firma »Holzski« gestohlen.
Wert: 1600 Franken.
Seine Instastory ging innerhalb weniger
Minuten viral.*

12. Ein Waschbrettbauch aus dem Nichts

Werner war da. Das sah Kerschbaumer an dem zerbeulten Passat, der direkt vor dem Fitnessstudio stand und auf dessen Rückscheibe ein sinniger Aufkleber verkündete: »Es kommt nicht darauf an, welches Auto du fährst. Es kommt auf den Arm an, der aus dem Fenster hängt.«

Als Kerschbaumer durch die Tür von Ruckizucki Fit trat, hatte Werner gerade einen ambitionierten Bodybuilder aus Millstatt in der Mangel, der noch mehr Muskeln als Werner selbst hatte. Er sah aus, als hätten seine Muskeln ihrerseits Muskeln.

»Es gibt keinen Stillstand – entweder du wächst, oder du stirbst!«, brüllte Werner den Millstätter an, als der mit zwei Dreißig-Kilo-Hanteln seine Bizepse aufpumpte und dabei ein Gesicht machte, als würde man ihm mit einem Hammer auf die Zehen hauen. Die Geräusche aus dem Millstätter Mund waren eine Mischung aus Gegurgel und Hilfeschrei. Ja, der Weg an die Spitze war hart.

»Hast du kurz Zeit?«, fragte Kerschbaumer Werner. Die beiden zogen sich in eine Ecke zurück, und der Chefinspektor scrollte durch Swetlanas Instagram-Account.

»Das ist die Tote im Stadl«, sagte Werner verblüfft.

»Genau. Woher weißt du das?«

Werner grinste. »Wir reden über nichts anderes. Willst du was wissen, musst du ins Fitnessstudio gehen, sag ich immer, Herr Chefinspektor. Mehr Tratsch hörst du nirgends. Hübsches Mädl übrigens.«

»Ja, aber schau mal hier.« Kerschbaumer deutete auf zwei Fotos, die im Abstand von vier Wochen aufgenommen worden waren, beide am Afritzer See.

»Photoshop?«, schlug Werner vor.

»Unsere Experten halten das für ausgeschlossen«, mogelte sich Kerschbaumer eine Antwort zurecht. » Auf natürlichem Weg ist ein solcher Gewichtsverlust wohl kaum möglich.« Reflexhaft strich er sich über den Bauch. »Wie erklärst du dir das?«

Und dann passierte etwas Seltsames: Werner wurde ein bisschen rot, und er begann ein bisschen zu stottern. »Das ... das ist schon, zugegeben, ein sehr ordentliches Ergebnis, aber nicht ausgeschlossen in vier Wochen mit einer ... strikten Diät und viel Training.« Dann eilte er zurück zu dem Millstätter Muskelmann. Und Kerschbaumer war nicht viel schlauer als vorher.

13. Die taffe Chefin

Auf der Wache stapelten sich die Zeitungen vor Kerschbaumer. Die Schlagzeilen hielten sich glücklicherweise noch in Grenzen. Bei *Standard, Presse, Heute, Kleine Zeitung, Krone* und *Kurier* war die Meldung innen versteckt, zwischen Seite zwei und sechs, also zwar hinter den weltbewegenden Nachrichten, aber noch vor dem Sportteil. Bloß *Österreich* und *Österreich Heute Aktuell* hatten den Mord auf die Titelseite gepackt. Auch der *Messaggero Veneto* und der *Il Piccolo* hatten den Mord vermeldet, ebenfalls eher dürr und innen.

Die Funkzellenabfrage von Swetlanas Handy hatte unterdessen nichts ergeben; die letzte nachvollziehbare Spur stammte von drei Tagen vor ihrem Tod aus der unmittelbaren Nähe des Pulracher. Eine Spur ergab sich daraus nicht. So weit, so ernüchternd.

Also telefonierte Kerschbaumer mit Lutz-Heiko Heil. Der Ermittler verlangte das Unmögliche, und am anderen Ende der Leitung wurde zugleich gestöhnt und gelacht, was insgesamt ein übles Röcheln ergab.

»Ich wiederhole: Sie wollen achtzig Handybesitzer per Funkzellenabfrage überwachen?«

»Vielleicht auch mehr. Die genaue Zahl kann ich Ihnen erst nennen, wenn meine ersten Befragungen abgeschlossen sind.«

»Ich kann Ihnen keine achtzig Genehmigungen geben. Die Presse würde uns lynchen. Sie würden uns vorwerfen, wir überwachten einen ganzen Ort.«

»Wie viele können Sie rausschlagen?«

»Höchstens fünf, und auch das nur, wenn Sie mir jeden einzelnen Fall gut begründen. Sonst macht da kein Richter mit.«

»Zwanzig.«

»Acht.«

»Zehn.«

Kerschbaumer atmete aus. »Bald bekommen Sie die Namen. Samt Begründung.«

»Lassen Sie sie möglichst blumig ausfallen.«

***

Dann stand für Kerschbaumer die erste Verabredung des Tages an. Revierinspektor Feiersinger wollte unbedingt dabei sein, obwohl er mit dem Notizbuch noch nicht durch war. Inspektorin Hofgärtner bot an zu übernehmen. Und Kerschbaumer fiel auf, dass Feiersinger ordentlich Parfüm aufgelegt hatte.

Hotelchefin Marianne Pulracher verbreitete einen Duft von Jasmin, Bergkräutern und Wohlerzogenheit. Sie war eine schmale, schöne Frau mit dunkelbraunen Locken, die über ihre Schultern fielen und wie ein barocker Bilderrahmen ihr Dekolleté einfassten. Sie tat sehr viel dafür, in diesem appetitlichen Zustand zu bleiben – tägliches Spinning, Massagen im hauseigenen Spa (natürlich nur, wenn es noch offiziell geschlossen hatte, niemand sollte die Chefin sehen, das würde der Autorität schaden), Packungen und Peelings und Bleachings, neuerdings sogar vegane Ernährung. Und sie war, so viel verstand Kerschbaumer inzwischen von Frauen, eine mächtige Nervensäge, und für diesen Eindruck brauchte er gar nicht erst die hastige, etwas respektlose Begrüßung abzuwarten. Sie hatte siebzig Angestellte und war es gewohnt, dass Dinge nach ihrem Willen geschahen.

»Ich hätte sehr gern mit Ihnen vor Ihrer Pressekonferenz gesprochen«, schnarrte sie spitz und blickte zuerst Kerschbaumer und dann Feiersinger mit einem geradezu spürbaren Blick an, wie um sich zu versichern, dass beiden der Ernst und die Bedeutung ihrer Worte klar wurden.

In Kerschbaumer stieg Groll auf, so unangenehm wie modriger Duft nach einem Regenguss, doch er ließ den Moder mit einigen meditativen Atemzügen wieder hinabsinken und lächelte stattdessen liebenswürdig.

»Und warum hätten wir das tun sollen?«

»Mussten Sie unbedingt unser Pulracher erwähnen?«

»Glauben Sie ernsthaft, das hätten wir geheim halten können?«

»Sie werden verstehen, dass dies für uns nicht gerade die beste PR ist. Die Saisoneröffnung steht unmittelbar bevor, wir erwarten das erste große Wochenende, die ersten ausgebuchten Tage.« Der Tod Swetlanas hatte sie erkennbar mitgenommen. So mitgenommen wie der Tod einer Stubenfliege auf der Fensterbank.

»Glücklicherweise kommen ja hauptsächlich Italiener, die eher selten österreichische Nachrichten verfolgen, nicht wahr?«

»Schlechte Werbung bleibt es, und auch in Italien ist die Meldung erschienen.«

»Nun ja, ich verstehe nicht viel von Werbung und Marketing. Aber ich weiß, dass wir einen Mord aufzuklären haben.«

Die erste Angriffswelle der Pulracher war an Kerschbaumer zerschellt. »Wie kann ich Ihnen dabei helfen?«, gab sie sich ein klein wenig versöhnlicher, aber vielleicht nur, um einen neuen, unleidlichen Anlauf zu nehmen, das Gespräch wieder zu dominieren.

»Seit wann arbeitete Swetlana Kastelic bei Ihnen?«

»Die zweite Wintersaison. Ich habe sie im Sommer letzten Jahres eingestellt. Ein fleißiges Mädchen, gute Referenzen, immer pünktlich, immer ehrlich. Es gab nie Grund zur Klage.«

»Was meinen Sie mit ehrlich?«

Marianne Pulracher kicherte kokett. »Wenn Sie wüssten, was Gäste so alles in ihren Zimmern vergessen. Bargeld, Schmuck, Uhren, Handys. Swetlana hat immer alles klaglos abgegeben, sogar das Kleingeld, das am Abend aus der Hosentasche fällt und unters Bett rollt. Das kennen wir Hotelbetreiber auch ganz anders. Besonders bei einem Bündel Bargeld, das im Hotelsafe bleibt, fehlen schon mal ein paar Scheine. Selbstverständlich nicht bei unserem Personal, ich rede *im Allgemeinen.*«

»Aha, *im Allgemeinen.*« Die Möglichkeit, sich auf diese Weise im Service zu bereichern, war Kerschbaumer bislang gar nicht in den Sinn gekommen. »Wussten Sie, dass Swetlana sich bei einigen Ihrer Gäste möglicherweise etwas dazuverdient hatte, allerdings nicht auf die von Ihnen beschriebene Art?«

»Nein«, log sie.

»Ist Ihnen zuletzt irgendetwas an ihr aufgefallen? Eine Veränderung?«, fragte nun Feiersinger.

Die Pulracher schüttelte den Kopf.

»Hatte sie Feinde? Ärger im Beruf?«

»Nein, wie schon gesagt …«

»Ja, richtig, ein vorbildliches Mädchen«, sagte Kerschbaumer wie zu sich selbst. »Nahezu perfekt. Bis auf dieses Messer in der Brust …«

Marianne Pulracher schüttelte sich fröstelnd. »Was ist Ihre Vermutung?«

»Oh, wir ermitteln in alle Richtungen. Und es wird nicht ausbleiben, dass wir neben dem Personal in den nächsten Tagen und Wochen den einen oder anderen Ihrer Gäste befragen müssen.«

»Das ist nicht im Sinne unseres Betriebes. Ich werde dazu meinen Anwalt befragen, inwieweit ich Ihnen das gestatten muss und wo ich Grenzen ziehen darf, um die Saisoneröffnung nicht zu gefährden.« Ihre Locken tanzten erregt um ihr feines Gesicht.

Kerschbaumer erhob sich. »Das steht Ihnen selbstverständlich frei.«

Feiersinger war schon wieder nervös, aber anders als bei der Pressekonferenz. Er war die ganze Zeit auf dem Sessel hin- und hergerutscht und verabschiedete sich hastig.

Kerschbaumer erkannte: Feiersinger war Hals über Kopf in die schöne Hotelchefin verliebt. Na servus.

14. Besuch beim Verletzten

»Herrgott noch mal. Herrgott, Herrgott! Einmal passiert endlich was, und ich liege hier blöd rum und trinke Pfefferminztee!«

Feiersinger und Hofgärtner waren zu Besuch bei Hartmut Trevisol, den eigentlich für die Ermittlungen zuständigen Chefinspektor von der Landespolizeidirektion Kärnten. Doch der hatte ja unbedingt zum Gletscherskifahren aufbrechen müssen und lag nun im Klinikum Klagenfurt. Kerschbaumer war aus Höflichkeit mitgekommen, bereute es aber bald. Der Grantler sah ihn so giftig an, als wäre der Wiener an all dem Unglück schuld, das ihm widerfahren war. Schuldzuweisungen am Elend der Welt war man als Wiener zwar gewohnt, aber die Blicke Trevisols waren wirklich unangenehm. Er war auf eine muskulöse Art dicklich und, wenn Kerschbaumer das richtig einschätzte, nicht sehr groß. Seine kleinen Augen standen über einer Boxernase eng nebeneinander und schienen ständig wütend zu funkeln. Das Haar war schütter und wirr, was aber auch Umständen geschuldet sein konnte, da wollte Kerschbaumer sich kein abschließendes Urteil erlauben.

Es roch typisch nach Krankenhaus, nach welken Blumen, Desinfektionsmittel, Schweiß und nasser Wolle. Hofgärtner hatte selbst gebackene Spekulatiuskekse dabei, Feiersinger ein paar weihnachtliche Süßigkeiten der schokoladigen Provenienz und Kerschbaumer eine

Flasche Zweigelt seines Lieblingswinzers, die Trevisol mit den Worten »Ich trinke nicht« entgegennahm.

»Ja, sag mal, Hartmut, wie ist denn das passiert?« Hilde Hofgärtner legte mitfühlend ihren Arm auf Trevisols Arm, eine Geste, die Kerschbaumer aus irgendeinem Grund eifersüchtig machte.

»Seit fünfundvierzig Jahren fahre ich Ski«, jammerte er anklagend. »Nie ist was passiert. Und nun das! Und das Schlimmste ist: Ich kann nicht mal jemanden beschuldigen! Keinen unfähigen Touristen! Keinen schwachsinnigen Snowboarder! Nein, ich bin einfach dumm gestürzt.«

»Und was genau ist passiert?«, fragte Feiersinger.

»Schien- und Wadenbeinbruch. Und das sind die guten Nachrichten. Dazu sind alle Bänder im rechten Knie gerissen. Das macht den Ärzten Probleme.« Er richtete sich unter einem Ächzen auf. »Aber nun erzählt mir, was bei uns los ist. Ein Mord in Bad Kleinkirchheim, Jessas!«

Hofgärtner und Feiersinger legten los und erzählten von Swetlana und ihren Nebenverdiensten, von dem verschwundenen Handy und dem Bayer im Lodenmantel, von dem Notizbuch und den vielen Freiern, vom rasenden Bruder und seinen Gehilfen.

Trevisol zuckte bei jedem Detail zusammen, schließlich heulte er auf. »Und mit was musste ich mich herumschlagen? Frisierte Mofas, Zechpreller, gestohlene Nordic-Walking-Stöcke.«

In diesem Moment kam der Chefarzt in Begleitung zweier Assistenzärzte zur Visite herein. Den Chefarzt zeichnete aus, dass er genau wie ein Chefarzt aussah: groß gewachsen, schlank und braun gebrannt, wildes weißes Haar. Leutselig grüßte er die Runde und ließ ein paar Plattitüden ab, auf die Trevisol grummelnd reagierte. Kerschbaumer lugte dem Chefarzt über die Schultern und sah das Röntgenbild des Bruches. Leise pfiff er durch die Lippen. Nach einer solchen Verletzung, dachte er, wäre er wohl auch grantig geworden.

15. Der Besuch der alten Dame

Es rumpelte und klapperte auf den Treppenstufen. Hässliche Schleifgeräusche waren zu hören, außerdem Schritte und allerlei Gestöhne. Sogar Feiersinger blickte erschrocken auf. Er hatte sich erneut Swetlanas Notizbuch vorgenommen und telefonierte gerade die Nummern ab, doch der Krach hatte ihn aus seiner zahleninduzierten Trance gerissen.

Und dann betrat ein Deltarad das Büro der Polizei im ersten Stock. Am Deltarad, umgangssprachlich Rollator, hing eine sehr alte, sehr dürre Frau mit glattem, langem Haar, die sich allmählich über die Schwelle schob. Sie war zudem winzig klein, wirkte insgesamt wie ein verschrumpeltes Vögelchen und konnte unmöglich mehr als dreißig Kilogramm wiegen. Hinter der Frau trat ein Mann in den Raum, der sich leicht zur Seite drehen musste, damit seine Schultern durch die Tür passten. Er hatte die Figur eines Kleiderschranks, aber nicht einem von Ikea, sondern einem alten, wuchtigen Bauernmöbel. Auch bemalt war er; aus seinem Nacken, der so breit war wie sein Kopf, zog sich eine Tätowierung bis zum Ohr. Es war eine Handgranate.

Inspektorin Hofgärtner erhob sich und lächelte verbindlich. »Können wir Ihnen helfen?«

Die Alte lächelte zurück, während der Bauernschrank ins Nichts stierte. Es handelte sich um Kordula Kastelic, Swetlanas Großmutter. Sie erklärte mit einer festen Stimme und erstklassigem Deutsch, warum sie hier war: Sie wollte nach dem Rechten sehen, denn Swetlanas Mutter, ihre eigene Tochter, lag ja mit schwerer Multipler Sklerose darnieder.

»Ich habe Literaturwissenschaften und Germanistik an den Universitäten Ljubljana und Dresden studiert. Auf meine Beine ist nicht mehr groß Verlass, ein bisschen taub bin ich auch, und über meine Blase möchte ich nicht sprechen. Aber hier« – sie tippte an ihre Stirn – »ist noch alles in bester Ordnung. Wie nennt ihr es im Deutschen? *Oberstübchen*!«

Ein taffes Persönchen, dachte Kerschbaumer.

»Ich weiß, was Sie jetzt denken, und Sie haben recht.«

Der Satz kam Kerschbaumer bekannt vor.

»Thomas Magnum, das hat er in jeder Folge gesagt. Auch sehr wichtig für mein Deutsch. Man kann ja nicht immer nur Goethe lesen.« Die Alte kicherte. »Also, ich weiß, was Sie jetzt denken, und Sie haben recht. Warum putzt meine Enkelin Hotelzimmer? Und warum ist mein Enkel, den kennenzulernen Sie ja schon das Vergnügen hatten …« – *beeindruckender Satzbau*, fand Kerschbaumer –, »… mehr an Motoren und ihrem illegalen Weiterverkauf interessiert?«

»Nun, wenn Sie es schon so formulieren …«

»Wladimir«, ächzte die Alte. »Ein Nichtsnutz, wie er im Buche steht. In keinem guten Buche. Der Großvater der beiden. Völlig verdorbene Gene. Aber einen Charme hatte er, du liebe Güte. Er konnte einen mit seinem Lächeln nackig machen. Swetlana hat von ihm das gute Aussehen geerbt, Mirko ist dahingehend eher nach mir geraten, aber auch noch ohne die Intelligenz. Die ist bei beiden nicht so recht …«

Dann begann sie zu schluchzen, fasste sich aber wieder. Sie war eine Frau, die Kummer gewohnt war.

Nach den Beileidsbekundungen, die die alte Dame mit einer resignierenden Handbewegung abwürgte, sagte sie: »Ich muss wissen, welches Schicksal meine Enkelin ereilt hat.«

»Das möchten wir alle.«

Erst der Bruder, dann die Großmutter. Kerschbaumer hoffte, dass der Kreis der anströmenden Verwandten überschaubar blieb. Mit Angehörigen, die den Ermittlern auf den Füßen standen, hatte er nur schlechte Erfahrungen gemacht, und die Enge Bad Kleinkirchheims war ja noch einmal etwas anderes als das weitläufige Wien.

Kerschbaumer blickte nun auf den tätowierten Pfleger, der seit seinem Eintreten ungerührt vor sich hinstarrte. Er schien kein Wort zu verstehen. Die Oma folgte dem Blick des Ermittlers. »Das ist Oleg«, sagte sie. »Ein Russe. Er versteht uns nicht. Oder jedenfalls tut er so.«

»Haben Sie denn einen Verdacht?«

Wieder schluchzte sie, wieder riss sie sich zusammen. »Swetlana war ein Engel. Und jetzt ist sie einer.«

Kerschbaumer entnahm dieser Aussage, dass das Gespräch zu einem Ende kam. »Wir werden Sie natürlich auf dem Laufenden halten, was unsere Ermittlungen betrifft«, beruhigte sie der Wiener Ermittler noch.

Nun hob die Alte drohend den Zeigefinger. »Das will ich Ihnen auch in aller Ernsthaftigkeit geraten haben. Wenn Sie Fortschritte zu berichten haben, finden Sie mich im selben Hotel, wo auch Sie Unterschlupf gefunden haben.«

Oleg brauchte gar nicht erst zu drohen. Seine ganze Erscheinung war ein stiller, entschlossener Zeigefinger.

16. Olegs Geheimnis

Oleg war ihnen zu merkwürdig vorgekommen, um ihn zu ignorieren. Also hatte Inspektorin Hilde Hofgärtner sogleich den Kirchheimerhof kontaktiert, sich den kopierten Reisepass als PDF zuschicken lassen und dann mit ihren flinken Fingern allerlei erfahren.

Der russische Pfleger sah deswegen aus wie ein ehemaliger Soldat, weil er einer war. Und nicht irgendeiner: Er hatte der berüchtigten Eliteeinheit ALFA angehört, mit Einsätzen in Afghanistan, Syrien und bei einigen Niederknüppelungen inländischer Aufstände – oder jedenfalls in jenen Gebieten, die der Staatspräsident als Inland bezeichnete. Legendär war das Verhandlungsgeschick der ALFAs, wie Hofgärtner mit einem leichten Schauder referierte: Bei der Geiselnahme von vier sowjetischen Botschaftsangehörigen in Beirut 1985 wurde ALFA in den Libanon entsandt. Nachdem eine Geisel getötet worden war, entführte ALFA ihrerseits vier Angehörige der Terrorgruppierung, tötete einen und sandte den Geiselnehmern Körperteile von ihm. Die drei überlebenden Sowjetbürger wurden umgehend freigelassen.

Auf Facebook wurde es noch skurriler: Olegs Postings zeigten ausschließlich Waffen. Völlig unklar, ob es seine Waffen waren oder ob er einfach nur Bilder von Waffen postete, wie andere nun mal Bikinifotos posteten.

Wenn schon Mirko, Swetlanas Bruder, irgendwie nach Ärger roch, dann schien der Russe ein einziges, gewaltigen Ärger statt Wasserdampf ausströmendes Großkraftwerk zu sein.

Und was genauso verdrießlich war: Am Abend musste Kerschbaumer sein Pfeffersteak vom Nockalmrind ganz allein essen. Es wäre unpassend gewesen, Hilde zu fragen. Aber er hoffte auf eine erneute Zufallsbegegnung und blickte stets hoch, wenn die schwere Glastür der Sportalm aufschwang. Es war vergeblich, aber vielleicht hätte er sich ein klein wenig besser gefühlt, hätte er gewusst, dass Hilde Hofgärtner durchaus mit dem Gedanken gespielt hatte, erneut in der Sportalm einzukehren.

Dann überlegte sich Kerschbaumer, was wohl seine Ex-Frau zum Pfeffersteak vom Nockalmrind gesagt hätte. Und er konnte es sich ziemlich genau ausmalen. In seinem Kopf schwirrte eine schrille Stimme umher, die von Cholesterin, Bluthochdruck und Klimakrise redete. Ja, Kerschbaumers Ex war neuerdings Flexitarierin und Wechseljuicerin geworden. Weil das in Wien neuerdings der letzte Schrei war.

TAG 4 DER ERMITTLUNGEN

Freitag, 8. Dezember, Hochfest der ohne Erbsünde empfangenen Jungfrau und Gottesmutter Maria

WETTER 

Heiter bis zunehmend wolkig, um die null Grad, über den Tag hinweg immer wieder leichter Schneefall. Am Abend warmer Südwind, der 150 Kilometer weiter südlich bereits für ordentliches Hochwasser in Venedig sorgte.

PISTENBERICHT 

Ein Thüringer SUV-Fahrer musste von der Feuerwehr von der Skipiste geborgen werden, nachdem er auf Google Maps aus Versehen die Fußgängerroute eingegeben hatte. Vor einem Gatter versagte dann auch noch der Allradantrieb.

17. Werners Geständnis

Maria immacolata! Der italienische Feiertag fiel praktischerweise auf einen Freitag, ein Geschenk des Himmels für die offizielle Eröffnung der Wintersaison. Großfamilien aus Udine und Triest luden schon am Morgen ihre vollbepackten Autos vor dem Kirchheimerhof aus, hübsche Kinder mit gesunder Gesichtsfarbe liefen juchzend an der Rezeption vorbei und voller Vorfreude durch den Frühstücksraum. Weil man nicht so genau verstand, was die kleinen Monster so schrien, wunderte sich Kerschbaumer, wirkten sie gleich viel sympathischer.

Kerschbaumer hatte immer Kinder gewollt, seine Ex-Frau war strikt dagegen gewesen: zu viel Lärm, zu viel Gestank, zu viel Arbeit, und die Figur sei danach auch nicht mehr wie früher. Kerschbaumer hatte sogar Vaterzeit vorgeschlagen, damit seine Ex-Frau auch nach der Geburt schnell wieder ganz beruhigt ihrem nebulösen Event-PR-Job hätte nachgehen können. Er hatte nie so recht gewusst, was genau sie eigentlich tat, aber ein paarmal pro Jahr tauchte sie im eleganten Abendkleid auf den Leute-Seiten der Presse auf, weil sie irgendwelche Charity-Empfänge organisiert hatte. Sie ging aber auf das Angebot nicht ein, was Kerschbaumer in dem Verdacht bestätigte, dass die Sache mit den Kindern am Figurproblem scheitern würde. Unglücklicherweise gab es bei der Frage nach einem Kind oder keinem Kind keinen Kompromiss, mit dem beide zufrieden gewesen wären, was nach und nach zur Deteriorierung des ehelichen Verhältnisses führte. Oder hätten sie sich einen Hund anschaffen sollen?

Und, als hätte die unbefleckte Maria ein besonderes Herz für die Wintersportler, hatte es sogar wieder leicht zu schneien begonnen. Das sollte nach der Überzuckerung vom letzten Abend doch für eine zumindest vorübergehend bleibende Schneedecke im Ort reichen. Einige Pisten waren dank der Beschneiungsanlagen ohnehin längst bereit, aber ein bisschen Weiß links und rechts der Fahrspuren sorgte natürlich gleich für mehr Stimmung.

***

Auf der Wache erwartete Kerschbaumer eine Überraschung. Dort saß Werner, der sich in ein Hemd gezwängt hatte, was ganz falsch an ihm aussah. Zwar saßen Feiersinger und Hofgärtner schon vor ihm, aber er wollte unbedingt auf den netten Chefinspektor warten, der bei ihm gegen seinen Bauch antrainierte.

»Ja, weißt du, Herr Chefinspektor, das mit der Gewichtsabnahme, also bei der Toten, also … Ich kann das vielleicht doch erklären.«

Hilde brachte frisch gebrühten Kaffee, den Werner mit »viel Milch, viel Zucker« gewünscht hatte. »Ja, ich gönne mir sonst nichts«, erklärte er, als er Kerschbaumers erstaunten Blick sah, »da will ich mir wenigstens meinen Morgen nett machen.«

»Aber das ist nicht die Erklärung, für die du hier bist?«

»Nein. Also, zu Beginn des Sommers, so im Juli, da ist die Swetlana zu mir gekommen.« Der Besucherstuhl knarzte und knirschte unter den hundertfünfzehn Kilo Muskelmasse bei sechs Prozent Körperfett.

»So, so.«

»Sie wollte abnehmen. Sie fand sich zu dick. War sie natürlich nicht. Hab sie komisch angeschaut und ihr das auch gesagt, musst du wissen, Herr Chefinspektor.«

»Verstehe.«

»Dann habe ich gefragt, ob sie von mir ein Trainingsprogramm haben will. Oder zumindest eine Sommermitgliedschaft. Die haben wir ganz günstig im Angebot, weißt du. Denn wer, bittschön, ist so deppert und geht im Sommer schon ins Studio? Wollte sie aber nicht.«

»Wollte sie nicht.« Kerschbaumer tat, als würde er mitschreiben.

»Keine Zeit, lange Schichten im Hotel.«

»Lange Schichten.« Kerschbaumer malte ein paar Kringel aufs Papier.

»Sie hat gefragt, ob es nicht … also, Mittel und Wege gibt, das schneller hinzubekommen.« Werner zog die Augenbrauen hoch und schaute Kerschbaumer wissend an, wohl in der Hoffnung, dass Kerschbaumer wissend zurückschaute. Tat er auch.

»Und du kennst also Mittel und Wege.«

Werner nickte. »Clenbuterol«, flüsterte er.

Dieses Mal schrieb Kerschbaumer tatsächlich mit. »Ach, Werner. Wegen so etwas können sie dir das Studio schließen!«

»Ich weiß, ich weiß.« Er nahm verzweifelt den Kopf in die Hände.

Inspektorin Hofgärtner hatte sich unterdessen am Computer schlaugemacht. »Asthmamittel ... stammt aus der Kälbermast ... einst zum Muskelaufbau eingesetzt, neuerdings aber auch zur Gewichtsabnahme ...«

Kerschbaumer hob die Hand und befragte den Muskelberg im engen weißen Hemd eindringlich. Wie viel hatte er ihr gegeben? (»Vierzig Pillen, täglich einzunehmen, sechshundert Euro.«) Hatte er noch andere Abnehmer? (»Nur meine Bodybuilder, wie jedes Studio.«) Wer wusste von dem Pillen-Deal (»Niemand, ich schwör's!«), wann hat er Swetlana zum letzten Mal gesehen (»Vor drei, vier Monaten.«), und hat er einen Verdacht, wer mit ihrem Tod zu tun hat (»Nein, ich schwör's!«)?

»Hast du ein Alibi für den Abend des 4. Dezember?«, fragte Kerschbaumer.

Jetzt sah Werner ganz verzweifelt aus. »Nein, du weißt doch, ich leb allein, und ich bin immer recht früh im Bett. Aber ich war's nicht, ich schwör's!«

»Wir lassen ihn so einfach laufen? Ist er kein Verdächtiger?«, wunderte sich Feiersinger.

»Ich denke nicht. In jedem Fall wären die Indizien viel zu schwach, um einen Haftbefehl gegen ihn zu erwirken.«

»Soll ich ihn auf unsere Überwachungsliste fürs Telefon setzen lassen?«, fragte Hilde.

»Tu das. Vorläufig jedenfalls.«

18. Eine merkwürdige Begegnung

Zwanzigtausend tägliche Schritte hatte sich Kerschbaumer im Rahmen seines Abnehmprogramms verordnet. Das war hier in Bad Kleinkirchheim eigentlich ganz leicht, gab es doch gut ausgeschilderte Wanderwege, die in kleinen und großen Schleifen durch den Ort führten; der längste maß zwölf Kilometer.

Zu diesem Zweck trug er einen elektronischen Schrittzähler am linken Handgelenk, der beim Erreichen des Ziels vibrierte und ihm ein eigentümliches Gefühl von Zufriedenheit verschaffte. Außerdem taten die Spaziergänge seinem Kopf gut. Denn der Fall war doch insgesamt ziemlich rätselhaft.

Zuerst ging er die Kleinkirchheimer Straße hinab bis zum Ortsausgang, wo die Straße stark nach Radenthein abfiel, dort bog er links auf die Arnikastraße ein, die den Twengbach überquerte und auf den Talrundweg, einen beliebten Wanderpfad, mündete. Dieser Feldweg führte südlich und etwas erhöht am Ortszentrum (wenn man das so bezeichnen konnte) und direkt unterhalb des Franz-Klammer-Zielhangs der Weltcupabfahrt vorbei in Richtung der Thermen. Inzwischen hatte wieder leichter Schneefall eingesetzt, was dem Spaziergang auf dem Wanderweg eine fast romantische Note verlieh. Da kam ihm an diesem Nachmittag, an dem sich das fahle Licht schon hinter den Bergen verkrochen hatte, ein bekanntes Gesicht entgegen: Es war Franz Ferdinand

Kluibnschädl, der eifrige Journalist von *Österreich Heute Aktuell.*

»Ah, der Herr Chefinspektor geht spazieren«, stellte der Journalist messerscharf fest, der seinerseits in Freizeitkleidung unterwegs war.

»Und Sie?«

»Ja, ich ebenfalls. Heute ist mein Geburtstag, und gleich gibt es einen Umtrunk. Falls Sie …«

»Herzlichen Glückwunsch«, sagte Kerschbaumer und hob zugleich ablehnend die Hände.

»Fast rund, also falls Sie doch …«

»Nein, wirklich«, setzte Kerschbaumer nach und garnierte seine hochgehobenen Hände mit einem Achselzucken, »der Fall nimmt mich ziemlich in Anspruch.«

»Gibt es denn etwas Neues? A blede Gschicht, oder?«

»Sie müssen wohl auf unsere nächste Pressemitteilung warten.«

»Ich verstehe. Also dann, genießen Sie Ihren Spaziergang, denn lange werden Sie hier nicht mehr entlanggehen können.«

»Wie meinen Sie das?«

»Oh, Sie wissen nichts von dem neuen Hotel? Das sollten Sie aber.«

»Klären Sie mich auf.« Kerschbaumer fühlte sich aus irgendeinem Grund unbehaglich.

Kluibnschädl zeigte auf den Parkplatz der Thermenanlage. »Sehen Sie, hier soll ein Dreihundert-Betten-Hotel entstehen. Dreihundert Betten, das müssen Sie sich mal vergegenwärtigen! Was das für den Ort bedeutet! Sechs Etagen sind geplant, ein schönes Trumm. Und gerade hat ja erst das Hotel am anderen Ende geöffnet, zwischen Trattlerhof und Katharinentherme. Auch dreihundert Betten.«

»Ja, das Explorer. Und?«

»Und am Ortsausgang Richtung Wiedweg, nicht weit vom Golfplatz, entsteht ein *drittes* Hotel, ebenfalls dreihundert Betten. Sie können sich vorstellen, was im Ort los ist.«

»Und Sie erzählen mir das, weil …?«

Kluibnschädl grinste: »Sie sollten öfter *ÖHA* lesen. Wir beschäftigen uns seit Monaten ausführlich mit den Neubauten und beklagen den schleichenden Verlust der Identität des Ortes. Das ist ein großes Thema, nicht nur hier in Bad Kleinkirchheim.«

»Können Sie das kürzer fassen? Sie wissen, ich bin doch nur bei der Polizei.«

»Nun ja, wo das Geld ist, ist die Gefahr, heißt es.«

»Das klingt nach einer sehr groben Verschwörungstheorie«, gab Kerschbaumer zurück. »Lernt man das auf der Journalistenschule?«

»Ein Großvorhaben von diesem Ausmaß könnte gut einen Mord wert sein, oder nicht?«

»Sie würden kaum glauben«, winkte Kerschbaumer ab, »aus welch lächerlichen Beweggründen Menschen morden.«

Auf dem Rückweg zum Kirchheimerhof machte Kerschbaumer einen kleinen Schlenker vorbei an der Après-Ski-Hütte neben der Skischule Kraxler, wo sich die Skilehrer jeden Nachmittag trafen und bis zum späten Abend feierten. Es war Freitag, und morgen würde der erste große Ansturm von Leuten über die Pisten herfallen, die sich nicht schnell genug die Haxen brechen konnten. Es schneite weiterhin, die Landschaft sah, das musste der Städter Kerschbaumer zugeben, gerade jetzt in der Dämmerung bezaubernd aus, verlockend wie ein vanilliges Tiramisù. Er drehte sich um und betrachtete seine eigenen Fußspuren. Und ihn beschlich das ungute Gefühl, dass ihm etwas entgangen war.

Im Hotelzimmer sah Kerschbaumer sich selbst im Fernsehen und schaltete schnell weiter. Er duschte und zog sich um, denn Hilde und Feiersinger hatten ihm einen zünftigen Kärntner Abend versprochen, auf den er äußerst gespannt war.

19. Hoch oben Richtung Maibrunn

Kerschbaumer besah sich, bevor er einstieg, sehr genau die Kupplung, an der der Anhänger am Traktor befestigt war. Der Traktor sah ja durchaus vertrauenerweckend aus mit seinen mannshohen Rädern, die obendrein mit Schneeketten versehen waren. Aber Kerschbaumer war es gewohnt, auf Schwachstellen im System zu achten.

Es war neunzehn Uhr, im Licht der Laternen tanzten ein paar Schneeflocken, die Kälte, die überraschenderweise nicht so kalt war wie befürchtet, einem warmen Südwind sei Dank, prallte an der Funktionskleidung ab, und vor dem Kärntnerhof hatte sich eine lustig lärmende Gruppe eingefunden, deren Atemwölkchen eine regelrechte Hülle um sie bildeten. Der Traktor würde die Menschen mithilfe des Anhängers bis zur Unterwirt Hüttn fahren, wo es Schweinsbraten im Krensafterl mit Knödl und Sauerkraut geben sollte oder Rindsgulasch mit Gewürzgurkerl oder, als Spezialität des Hauses, das Cordon bleu mit Schinken und Glundner Käse, dazu Kartoffelecken und Preiselbeeren. Allerfeinstes Bergzeug also, das jeden Diätansatz spektakulär unterlief. Anschließend sollte es mit Schlitten – ja, mit Schlitten! – zurück bergab gehen, doch erst einmal galt es, die Hinfahrt zu überstehen.

Kerschbaumer war kein Kupplungsexperte, fand aber keine erkennbaren Risse oder Roststellen, und ein paar Minuten später hoffte er, dass seine oberflächliche Begutachtung dem Stresstest standhielt. Der Traktor schnaufte mit seinem Anhänger zunächst den Italienerhügel empor und bog dann auf die nächtliche Piste der Maibrunnabfahrt ein. In dem Anhänger saßen auf vier Sitzbänke verteilt zwanzig fröhliche Menschen, fast alles Italiener, aber auch Kerschbaumer, Hofgärtner und Feiersinger. Die Piste war rot gekennzeichnet und damit nicht übermäßig steil, aber in einem hölzernen Gefährt und mit einem beinahe kilometerlangen Blick ins erleuchtete Tal konnte sich Kerschbaumer präzise ausmalen, was geschehen würde, falls die Kupplung riss: Der Anhänger würde erst langsam und dann immer schneller werdend auf der Skipiste ins Tal rauschen, irgendwann so viel Fahrt haben, dass ihn eine Bodenwelle aushebeln würde, woraufhin er sich vermutlich mehrfach überschlagen würde und dabei die Insassen durchschütteln wie Flocken in einer Schneekugel. Am Ende blieben nur Splitter, während es vielleicht ein einziges Rad rollend ins Tal schaffte.

Feiersinger sah noch ein wenig besorgter aus. Vermutlich berechnete er gerade die Wahrscheinlichkeit, ein solches Szenario lebend zu überstehen.

»Das wird schön!« Hilde war ganz begeistert von ihrer Idee der abendlichen Bergtour, und Kerschbaumer tat ihr den Gefallen und lächelte. Feiersinger bemühte sich ebenfalls um ein Lächeln, aber es wirkte, als läge er auf einem Zahnarztstuhl und gerade begann die Betäubung zu wirken.

»Ja, eh klar, voll touristisch«, rief Hilde nun gegen den aufheulenden Dieselmotor an, der einen zähen Kampf gegen die Steigungsprozente lieferte. »Aber manchmal muss man so was auch als Einheimische mitmachen. Das Essen wird großartig!«

Und da hatte sie recht. Vielleicht war es auch nur die Erleichterung, nicht aus der Schnabeltasse schlürfen zu müssen.

Nach einigen scharfen Serpentinen waren sie endlich oben angekommen. Alle sprangen vom Anhänger und gingen auf den mit Fackeln beleuchteten Weg zur Unterwirt Hüttn. Erste Selfies wurden geschossen, die Italiener dirigierten ihre Kinder in Pose.

In der Hütte knisterte ein heimeliges Kaminfeuer, es duftete nach Zirbenholz, rote Stoffherzen hingen von der Decke. Die drei Ermittler bestellten Weißbier, und zum Essen bestellten sie das Menü des heutigen Abends: mit Camembert überbackene Schwarzbrot-Crostini, ein Schaumsüppchen vom hiesigen Bergkäse, Ripperl auf Kümmel-Käsespätzle und zum Abschluss einen Topfenkuchen auf Beerenragout.

Feiersinger, der den Wirt gut kannte, blühte in dem Ambiente regelrecht auf und erzählte von dem Pistenwachstum der letzten Jahrzehnte. Er hatte sich intensiv mit der Heimatkunde befasst und plante die Veröffentlichung einer Broschüre zur Tourismusgeschichte von Bad Kleinkirchheim. Kerschbaumer nahm an, dass sie auch viele Grafiken und Diagramme enthalten würde. »Wusstet ihr beispielsweise, dass dreißig Prozent der Kirchheimer evangelisch sind?«, referierte Feiersinger. »Das ist der höchste Wert in ganz Kärnten! Die evangelische Kirche steht sogar unter Denkmalschutz. Und einmal kam sogar der Islam nach Bad Kleinkirchheim! Wusstet ihr, dass die Türken hier einmarschiert sind? Ja, wirklich, im Juni 1478 war das, zuerst steckten sie

Radenthein in Brand, die Kirchheimer verteidigten sich, so gut es ging, mit Knüppeln und Steinen, aber die Häuser gingen alle in Flammen auf. Die Kirchheimer retteten sich in eine Höhle in Zirkitzen, die *Wihrwand*, und mauerten den Eingang zu. So überlebten sie, auch wenn die Höfe vernichtet waren.« Feiersinger erklärte weiterhin, dass er darüber ein Drehbuch geschrieben und an zahlreiche Filmfirmen verschickt habe, allerdings noch auf eine Rückantwort warte. Seit drei Jahren.

Bei diesem ausufernden Monolog hatte Kerschbaumer Gelegenheit, den Blickkontakt zu Hilde zu suchen, was ihm zwei, drei Mal gelang und ihn sehr freute. In diesen Momenten mochte er es hier sehr, Hilde, das Weißbier, sogar Feiersingers sedierende Ausführungen. Wien war angenehm fern, und ihm war es gar nicht schade um seinen Urlaub, der in einen Mordfall gemündet war.

Hilde hatte recht, das Essen war ausgezeichnet, was möglicherweise auch an der Höhenluft lag, die auf irgendeine geheimnisvolle Art die Geschmacksnerven besonders empfänglich für deftige Köstlichkeiten machte. Dankenswerterweise fehlte auch die übliche Almhütten-Beschallung, sodass es ein lauschiges Zusammensein gab. Team-Building, hätten sie es bei der Wiener Polizei genannt.

»Es gibt nicht genügend Schlitten für alle, ich habe mich also nicht geirrt!«, sagte Feiersinger. Dabei hatte er zuvor nichts dergleichen von sich gegeben. Er hielt Zwiesprache mit sich selbst, passte seinen Zahlenverstand offenbar permanent der Wirklichkeit an.

Mit einer kecken Geste klopfte Hilde auf das Holz hinter sich. Also setzte sich Kerschbaumer mit zu ihr auf den Schlitten, umfasste ihre Hüfte und steckte seine Nase in ihr köstlich duftendes Haar. Er nahm Noten von Apfel und Kaminrauch wahr. Das alles fühlte sich sehr gut an.

Und los ging die Fahrt. Der Traktor fuhr voraus und beleuchtete die Strecke. Hilde ließ den aufgedrehten Italienern den Vorrang und bildete mit Feiersinger das Schlusslicht. Die Atemwolken schienen sofort zu Eis zu gefrieren und die Lippen mit kalten Spinnenweben zu bedecken.

Immer dem Apfelgeruch hinterher, dachte Kerschbaumer und hielt sich noch etwas fester. Bald wurden sie zu einem Zentauren, denn wenn es eine Kurve zu nehmen galt, drückte Hilde auf Kerschbaumers Schenkel, der sofort reagierte und die Ferse in den Schnee rammte, auf dass der Schlitten die Kurve nahm. Sie machten sich gut, sie agierten wie ein einziger Körper, als ob sie nie etwas anderes gemacht hätten.

Es war wie guter Sex, bloß eben platonisch.

»Ist doch was anderes als der Stau auf der Wiener Südosttangente, oder?«, juchzte Hilde über ihre Schultern.

Ja, das fühlte sich alles zugegebenermaßen recht gut an: die rasante Fahrt durch die tiefschwarze Nacht, die Tannen standen Spalier, die Lichter des Traktors waren das verheißungsvolle Licht, dem es zu folgen galt, und die Italiener freuten sich ob der alpinen Sorglosigkeit, die sie in Udine, Triest, Padua und Verona nicht kannten.

Immer dem Apfelgeruch hinterher, dachte Kerschbaumer erneut, doch dann rammte er plötzlich beide

Fersen in den Schnee, sodass der Schlitten ins Trudeln geriet und beinahe umkippte, bevor er zum Stehen kam und die Lichter des Traktors hinter einer Wegbiegung verschwanden.

»Dieser Weg hier …« Kerschbaumer erhob sich, holte sein Handy hervor, schaltete auf die Taschenlampenfunktion und beleuchtete die Abzweigung.

»Ja, das ist er«, drehte sich Hilde um. Es war der schmale, unbefestigte Weg zum Stadl, den Swetlana zurückgelegt hatte. Und ihr Mörder.

»Was hast du vor?« Auch Hilde stand auf.

»Ich weiß auch nicht.« Kerschbaumer leuchtete unschlüssig mal hierhin, mal dorthin.

»Wir haben den Weg bereits mehrmals abgesucht. Hier finden wir nichts mehr.«

Hinter den Tannen erahnte man von hier die Lichter des Ortes. »Swetlana hatte einen ganz schön weiten Weg von ihrer Wohnung bis hierher. Und das in der Dunkelheit.«

»Ja, das stimmt.«

»Es sollte sich wirklich gelohnt haben.«

»Wo seid ihr denn geblieben?«, fragte Feiersinger, und auch vom Rest der Gruppe gab es vorwurfsvolle Blicke, als sie auf die Wartenden aufgeschlossen hatten. Dann ging es weiter, in einem letzten Stück hinab auf den Übungshang vom Bach-Lift. Die Piste war besonders für Anfänger geeignet, hier trafen sich die Skischulen. Doch auf einem Schlitten wird es auch auf einer blauen Piste schnell, vor allem, wenn man etwas ungeübt ist. Jedenfalls begannen Hilde und Kerschbaumer, als es gefährlich rasant wurde und die Holzbegrenzungen in

Sicht kamen, gleichzeitig zu bremsen. Der verwirrte Schlitten stellte sich erst quer und dann überschlug er sich. Kerschbaumer tat das einzig Richtige und hielt Hilde fest, sodass er selbst sie schützen konnte. Keinem passierte etwas, der Schnee war schnell abgeklopft.

Die italienischen Kinder durften noch ein wenig bei der Schneekatze mitfahren, die begann, den Anfängerhang für den nächsten Morgen zu präparieren. Zwei junge Männer aus Verona wollten noch ein letztes Mal mit dem Schlitten hinabsausen, also stapften sie johlend den Berg empor. Es schien zudem, als würden sie darauf wetten, wer als Erster unten ankäme. Die Männer hatten oben auf der Hütte neben ihnen gesessen und für italienische Verhältnisse außerordentliche Mengen Alkohol gekippt, zu jedem der mindestens vier Weißbiere noch einen Stamperl Heidelbeer-Zirbenschnaps. Kerschbaumer blickte ihnen hinterher und hatte kein gutes Gefühl bei der Sache.

Und da kamen sie auch schon herangerast, liegend und mit dem Kopf voran und sehr, sehr schnell. Zweifellos war die gewählte Position eine besonders windschnittige Variante, hatte aber auch den Nachteil, dass man nur mit der Nase bremsen konnte oder auf einen flachen Auslauf spekulieren musste.

Der Auslauf war durchaus vorhanden und flach, aber nicht sehr breit. Außerdem war die Geschwindigkeit der beiden, wie Kerschbaumer sah, viel zu hoch. Beide Schlitten gerieten noch vor dem Ende der Piste ins Schlingern, und beide Veroneser kugelten direkt in das angrenzende Waldstück hinein, doch kurz danach traten sie offenbar unverletzt und höchstvergnügt wieder aus dem Unterholz hervor und winkten fröhlich.

Dass Betrunkene wie kleine Kinder einen Schutzengel haben, war jedem Polizisten bekannt. Kerschbaumer war sich aber sicher, dass die blauen Flecken am nächsten Morgen ordentlich schmerzen würden.

»Es gibt drei Gruppen von Männern«, kommentierte Hilde. »Die erste lernt aus Beobachtung. Die zweite lernt aus Büchern. Und die aus der dritten Gruppe müssen einfach gegen den elektrischen Zaun pinkeln.«

20. Ernstls Gespür für Schnee

Kerschbaumer wachte mitten in der Nacht auf und saß senkrecht im Bett. Ihm war etwas eingefallen. Er griff zu seinem Smartphone, es war gerade erst elf Uhr. Vielleicht war er doch nicht mehr ganz so jung, wie er mitunter glaubte. Hastig zog er sich an und stapfte direkt über die Skipiste zur Après-Ski-Bar Brechlstub'n. Nicht nur brannte dort noch Licht, der Lärm von drinnen wölbte die Fensterscheiben regelrecht nach außen.

Als Kerschbaumer die Tür öffnete, wurde er von einer Faust aus Hitze und Qualm vor die Brust getroffen und taumelte einen Schritt zurück. Die Luft war so dick und so gesättigt mit Schwebeteilchen aller erdenklicher Provenienz, dass man sie zu einem Schneeball hätte formen können.

Am Tresen waren drei Skilehrer hoch konzentriert in einem Trinkwettbewerb engagiert; zwei Bestien, beide noch in Skischuhen, versuchten sich im Fingerhakeln; eine sehr blonde Skilehrerin wurde von drei Kollegen belagert. Aus den Boxen klangen die üblichen Après-Ski-Schlager, die man wie unter Hypnose mitsingen muss. Kerschbaumers Augen brannten vom Zigarettenrauch, dabei herrschte doch seit sechs Wochen österreichweit ein strenges Rauchverbot auch in den Hütten. Und er erschnupperte auch den einen oder anderen Joint. Ohne dass er irgendetwas gesagt hätte, drückte ihm jemand ein frisch gezapftes Bier in die Hand. Er begann, den Ort zu mögen.

Glücklicherweise entdeckte er, wen er gesucht hatte. Ernstl Tiefenhauer stand unter einem Lautsprecher und unterhielt sich mit einem Kollegen. Auch diese beiden waren noch in dem rot-gelben Skianzug gekleidet, den sie von Berufs wegen tagsüber tragen mussten und der entfernt an Ronald McDonald erinnerte.

Ernstls Augen waren glasig, aber er lächelte, als er den Ermittler erkannte. Er verfügte also noch über gewisse kognitive Fähigkeiten.

»Ernstl, kommst du kurz mit raus?« Der Radau und Reinhard Fendrich aus dem Lautsprecher machten es völlig unmöglich, im Inneren miteinander zu kommunizieren, zumal Ernstl ohnehin eine Sprache sprach, die nur von wenigen Eingeborenen verstanden wurde.

Der Angesprochene bekam einen Schreck, aber Kerschbaumer hielt jovial sein Weißbierglas in die Höhe. Diese universell kumpelhafte Geste beruhigte den jungen Skilehrer, und er folgte dem Wiener Chefinspektor nach draußen.

»Wie viele Monate im Jahr stehst du im Schnee?«

»Oiiiiihhhhhmuuuuujoujou«, antwortete Ernstl, was entfernt nach »acht Monaten« klang.

»Ernstl, ich möchte, dass du dir was ansiehst.« Kerschbaumer zeigte ihm einige der Fotos vom Tatort und deutete auf die Fußspuren der Timberland-Stiefel, Schuhgröße siebenundvierzig.

Ernstl kärntnerte vor sich hin, und Kerschbaumer zuckte die Schultern. Dann hatte er eine Idee: Er trank das Weißbierglas in einem Zug halb aus. Der Trick mit dem Alkohol und dem Sprachverständnis hatte damals auf dem Gymnasium mit den französischen Austauschschülerinnen ja auch geklappt. Und tatsächlich verstand er Ernstl gleich besser.

»Er schlurft«, sagte der junge Skilehrer nun in beinahe verständlichem Deutsch. »Die Schuhe sind viel zu groß.«

Kerschbaumer nickte erfreut. »Genau das ist es!«

TAG 5 DER ERMITTLUNGEN

Samstag, 9. Dezember

WETTER 

Von Wolken schwarz verhangener Himmel, erst am späten Nachmittag durchbrochen von vereinzelten Sonnenstrahlen.

PISTENBERICHT

Auf dem Kleinkirchheimer Adventmarkt nicht weit von der Talstation der Maibrunnbahn gerieten zwei italienische Mütter über die korrekte Reihenfolge beim Erstehen der Zuckerwatte für ihren Nachwuchs so aneinander, dass die Ehemänner sie trennen mussten. Zurück blieben allerlei Kratzspuren in den Gesichtern aller vier Beteiligten.

21. Auf ins Nobelhotel

»Was der Täter damit bezwecken wollte? Eine falsche Spur natürlich«, referierte Kerschbaumer, biss in sein Kipferl und ließ die Diät zusehends eine Sache der Vergangenheit werden. Dem Frühstücksbuffet war er mit knapper Not entkommen, nicht aber den verführerischen Düften der Bäckerei Weissensteiner. »Er wollte, dass wir nach einem großen, schweren Mann suchen.«

»Schuhgröße siebenundvierzig ist ja auch eine Ansage«, sagte Hilde Hofgärtner.

»Wenn er sich so tarnen musste, wäre es dann möglich, dass er auffallend klein ist? Ein echtes Zwutschkerl?«, meldete sich Feiersinger.

»Das sollten wir nicht ausschließen. Und auch nicht eine mögliche Täterin, ganz egal, was die Gerichtsmedizin sagt.«

»Apropos ausschließen: Die Italiener und die Holländer aus dem Notizbuch haben sich bei den zuständigen Polizeien gemeldet. Alle Männer, die wir bislang identifizieren konnten, haben Alibis für den Tatzeitpunkt vorzuweisen. Nur ein Italiener fehlt noch, den man bisher nicht antreffen konnte. Des Weiteren warten wir noch auf Rückmeldung zu den fünf Deutschen, den zwei Slowenen und natürlich zu unseren Österreichern, die ich unter den Landespolizeidirektionen aufgeteilt habe.«

»Zu schade, dass wir Swetlanas Handy nicht haben«, sinnierte Kerschbaumer. Dann klopfte er mit der flachen Hand auf den Tisch. »Gehen wir?«

»Auf geht's«, riefen Hilde Hofgärtner und Volker Feiersinger zugleich.

***

Die Hölle: Das sind immer die anderen. Insbesondere an einem Bettenwechsel-Samstag zu Saisonbeginn, wenn der Norden im Hotel anrückte. Viele kamen früh, um den Skitag mitzunehmen oder weil sie in der Nacht gefahren waren, um nicht im Stau zu stehen. Auf die übliche Auskunft, dass die Zimmer noch nicht bezugsfertig seien, folgte die übliche Frage: »Aber die Koffer können wir doch schon mal irgendwo unterstellen?« Darauf reagierten die Rezeptionistinnen mit einem gekonnten Lächeln, das ihren blanken Hass verbarg.

Die drei Ermittler bahnten sich ihren Weg durch aufgekratzte Gäste und aufgestapelte Koffer. Deutsche Erbsenzähler bettelten um Rabatte und Upgrades, holländische Sparfüchse stopften sich die Taschen mit den Äpfeln voll, die am Empfangstresen in einer bronzenen Schüssel lagen und eigentlich als Dekoration gedacht waren. Bloß die Italiener hatten sich dem Chaos mit einem Frühstart entziehen können, der unbefleckten Maria sei Dank.

Ein Samstag, noch dazu der zu Saisonbeginn, war zweifellos ein ganz schlechter Tag, um Hotelangestellte zu Befragungen aus dem Betrieb zu reißen. Doch Kerschbaumer konnte darauf keine Rücksicht nehmen, schließlich hatte er seit den missglückten Erstbefragungen nun lange genug gewartet. Er hatte sich vorgenommen, an diesem Wochenende alle Hotelangestellten zu fragen, die mit Swetlana zusammengearbeitet hatten. Marianne Pulracher standen die geföhnten Haare zu Berge, aber sie konnte nichts weiter ausrichten, als um Diskretion zu betteln, die der Chefinspektor ihr zugestand – offenbar hatte ihr der Anwalt die Rechtslage geschildert.

Marianne Pulracher war übrigens, wie Kerschbaumer von Feiersinger erfahren hatte, seit fünf Jahren verwitwet, weil ihr Mann bei einem tragischen Unglück ums Leben gekommen war. Er hatte im übermütigen (also betrunkenen) Zustand in der Nacht eine Pistenraupe bestiegen und sich mit ihr mehrfach auf der Klammer-Abfahrt überschlagen. Dabei war er aus dem Führerstand geflogen und von der fünfeinhalb Tonnen schweren Raupe gründlich planiert worden. Unschöne Geschichte. »Von dem sind nur ein paar Leberflecke übrig geblieben«, hatte Feiersinger geraunt.

Als Erstes war Johannes dran, der Guest Manager, den Kerschbaumer schon am ersten Tag der Ermittlungen kennengelernt hatte. Man zog sich in sein Büro zurück. Die Krawatte saß so makellos wie das Haar, der Siegelring funkelte wie frisch gewienert. Doch seine kleinen, eng zusammenstehenden Augen flackerten nervös. Er saß so gerade in seinem Sessel mit der hohen Lehne, wie kein Mensch je gerader sitzen konnte.

»Haben Sie gut geschlafen?«

»Äh, äh, ja.«

»Schön, ich auch«, nickte Kerschbaumer.

»Äh, aha, das freut mich für Sie.«

»Ich hoffe, ich muss Ihnen nicht erst erzählen, dass dies hier kein Verhör ist, sondern ein ganz normales Gespräch. Sie sind ebenso wenig verdächtig wie jeder andere, mit dem wir uns unterhalten werden. Wir wollen uns einfach ein Bild machen, in welchem Umfeld Swetlana gelebt hat.«

»Natürlich.«

»Sehen Sie, das Hotelbusiness ist für mich etwas ganz Neues«, lächelte Kerschbaumer verbindlich. »Ich bin neugierig. Was ist das Verrückteste, was Ihnen je in diesem Hotel passiert ist?«

»Oh, äh, also …« Lauernd betrachteten die engen Augen den Chefinspektor, doch dessen Miene blieb arglos.

»Ja, also …« Erst jetzt ließ Johannes ein wenig Luft ab. »… vielleicht das vom letzten Jahr. Das war wirklich sehr kurios. Wir haben nämlich eine besonders schöne Suite, unser teuerstes Zimmer. Und die war fest für eine italienische Familie reserviert. Stammgäste, kommen jedes Jahr, ein Paar aus Pordenone, viel Geld, er leitender Arzt einer Privatklinik, sie Industriellentochter …« Johannes rieb zur Verdeutlichung den Daumen an Zeige- und Mittelfinger. »Jedenfalls, kurz bevor die Italiener ankamen, stand plötzlich ein Russe an der Rezeption. Maserati Gran Cabrio, Kennzeichen Monaco. Wahrscheinlich auch viel …« Wieder kam die Geldgeste. »Er wollte unsere teuerste Suite. Fragte genau so: *most expensive suite*. Wir sagten ihm, dass die leider schon gebucht sei und dass er gern unsere zweitteuerste Suite buchen könne, die nämlich noch frei war. Wollte er aber nicht, machte einen riesigen Aufstand. Die Chefin persönlich musste ihn beruhigen. Dann fragte er, ob er die teuerste Suite wenigstens einmal sehen dürfe. Das haben wir gemacht, die Italiener waren ja noch nicht da. Und dann hat er zur Chefin gesagt, dass sie den Italienern einen Vorschlag machen soll: Er bekommt die Suite. Dafür zahlt er dem Italiener die zweitteuerste Suite und alles, was er in seinem Urlaub ausgibt, Skipässe, Essen, alles.« Johannes fuhr sich durchs Haar und gluckste. »Die Chefin war etwas verstört, was bei ihr selten vorkommt, aber als der Italiener ein paar Stunden später mit der Familie ankam, berichtete sie ihm von dem Russen und seinem Angebot. Und wisst ihr, was der Italiener gesagt hat? Er … er …« Johannes konnte vor Glucksen kaum weitersprechen. »Der Italiener hat gesagt … der Russe … der Russe soll sich sein Geld in den ... in den Arsch schieben!« Johannes prustete los.

Kerschbaumer musste zugeben, dass das eine lustige Geschichte war. »Sehr gut, Johannes. Und was genau hatten Sie für ein Verhältnis mit Swetlana?«

Das war keine kalte Dusche, sondern ein Schubser ins Polarmeer. Johannes sprang auf, dann fiel er zurück in seinen ergonomischen Drehsessel. Seine Frisur saß auf einmal nicht mehr so gut.

»Also schön. Sie werden ja sicher erfahren haben, dass … also, dass Swetlana …«

»Ja?«

»Ja … also, dass Swetlana … und … also, auch ich habe ihre Dienste, wenn Sie verstehen …«

Hofgärtner und Feiersinger rissen die Augen auf.

»Wie oft?«, fragte Kerschbaumer kühl. Er hatte lediglich geblufft – aber ihm gelang es, seine Überraschung zu verbergen.

»Sechs Mal. Nein, sieben Mal. Aber nicht mehr.«

»Verstehe. Sie wissen, dass illegale Prostitution strafbar ist und auch Freier belangt werden können, mindestens mit einer Geldstrafe?«

Johannes wurde blass, seine Körperspannung ließ merklich nach.

»Aber auf die Verfolgung dieser Straftat können wir verzichten, wenn Sie uns helfen.«

»Das werde ich selbstverständlich tun.« Johannes nahm wieder seine servile, akkurate Habachthaltung ein.

»Gut«, nickte Kerschbaumer. »Können Sie sich erklären, wer Swetlana Böses wollte?«

Johannes schüttelte den Kopf. »Wir mochten sie alle.«

»Hatte sie einen Freund?«

Johannes schüttelte wieder den Kopf.

»Wussten denn alle von Swetlanas Nebenverdiensten?«, fragte jetzt Hilde Hofgärtner.

Johannes nickte. »Und was meine eigene, ähem, Inanspruchnahme angeht: Ich wäre Ihnen sehr dankbar, wenn dies unter uns bliebe. Vor allem die Chefin sollte das lieber nicht wissen, das wäre nicht gut für meine Karriere. Niemand sieht es gern, Sie verstehen, wenn das Personal …«

»Wir behalten es für uns«, versprach Kerschbaumer.

»Es sei denn, Sie haben Swetlana ermordet«, versuchte sich Feiersinger an einem Witz, dem es allerdings an allem mangelte: Ort, Timing, Empfänger. Und Witz.

Johannes sprang auf: »Also, nein, wirklich, das habe ich nicht, Sie müssen mir glauben, ich bin …«

Kerschbaumer winkte beruhigend ab und warf Feiersinger einen scharfen Blick zu.

22. Die schöne Chefin ist wütend

Das erste Saisonwochenende entwickelte sich munter, die Gäste strömten unvermindert herbei, belagerten die Rezeption, stellten Fragen, äußerten Sonderwünsche, schleppten Gepäck. Die drei Ermittler standen nach dem Gespräch mit Johannes herum wie nicht ausgepackte Sofagarnituren. Der schönen Chefin gelang es, die Ermittler beiseitezuschieben, aus dem Trubel rauszuhalten und schließlich zum Gespräch in einen dunklen Raum abzudrängen, der von aufgestapelten Stühlen, zwei auszubessernden Sofas und eingeklappten Roomservice-Wagen in Beschlag genommen war. Rund um die Rezeption sollten die Ordnungskräfte nun wirklich nicht herumlungern, befand die schöne Chefin. Man machte es sich dort bequem, so gut es ging, und Kerschbaumer ließ Frau Pulrachers geschäftige Bemühungen über sich ergehen, den Mord so klein und so weit weg wie möglich von ihr und ihrem Hotel zu halten, ja, er hatte dafür sogar ein gewisses Verständnis. Jedenfalls für ein paar Sekunden. Dann dachte er wieder an das Messer in der Brust und an die Würgemale.

»Niemand wusste es«, keifte Marianne Pulracher, auf Swetlanas Nebenjob angesprochen. Die schöne Chefin war aufgebracht, und sie hatte sowieso das Näschen voll. »Jetzt sagen alle, dass sie es wissen, weil es in der Presse angedeutet wurde und sich herumgesprochen hat, aber ich bin mir sicher, dass es niemand wusste.

Das war eine ganz private Sache. Und wir hätten natürlich dagegen interveniert.«

»Das hätten Sie auch gemusst. Illegale Prostitution ist nicht nur ein schweres Steuervergehen, sondern wird auch strafrechtlich geahndet, illegale Bordelle erst recht, und …«

»Bezeichnen Sie unser Hotel etwa als Bordell?«

Das war eine bewusste Provokation gewesen, die ihre Wirkung nicht verfehlte. Die schöne Chefin drehte auf allerhöchsten Touren, hatte sich aber dennoch im Griff. Sie blieb standhaft. Vermutlich sagte sie die Wahrheit – sie hatte davon nichts gewusst. Das Risiko wäre auch zu hoch gewesen.

Und dann dachte Kerschbaumer wieder an den Hotelneubau. Der schönen Chefin konnte es doch unmöglich gefallen, dass so viele neue Herbergen entstanden? Sie bestritt das mit Nachdruck, außerdem tat sie beschäftigt – und war es bestimmt auch. Bald dampfte sie filmreif ab.

Sie war wirklich sehr ansehnlich. Hilde Hofgärtner blickte skeptisch, und Volker Feiersinger war ohnehin rettungslos verloren. Aus seinen Augen strömten Herzchen.

Anschließend befragten die drei Ermittler erneut Swetlanas Freundin und Zimmergenossin Martina, die Spa-Masseurin. Sie war immer noch erkennbar mitgenommen, konnte sich immer noch nichts erklären und schlief schlecht. Dann brach sie wieder in Tränen aus. »Was, wenn wir es mit einem Serienmörder zu tun haben? Und einer von uns der Nächste ist?« Sie sprach mit einem ganz leichten, sehr aparten französischen Akzent.

Kerschbaumer beruhigte die stämmige Belgierin. Denn das hörte er bei seinen Ermittlungen immer wieder. Wegen der vielen Hollywood-Thriller und modernen Kriminalromane, in denen munter dahingemetzelt wurde, war es für viele Menschen unvorstellbar, dass es auch mal nur einen einzigen Mord geben konnte. Was waren das für Zeiten, als eine Leiche für einen Film in Spielfilmlänge noch völlig ausgereicht hatte.

»War Swetlana die einzige Angestellte mit diesem etwas eigenwilligen Nebenverdienst?«, fragte Wendelin Kerschbaumer.

Martina schreckte erkennbar auf und zögerte einen Augenblick. Dann rappelte sie sich zu einer empörten Replik auf. »Selbstverständlich.«

Kerschbaumer nickte. Hofgärtner holte ihren Notizblock hervor und notierte sich etwas. Kerschbaumer bemerkte es, und Martina bemerkte es auch. Sie atmete etwas schneller. *Ein kluger Schachzug*, dachte der Wiener.

»Haben Sie sie je mit einem Aktenkoffer gesehen?«

»Mit einem Aktenkoffer?«

»Ja, so in der Art hier.« Kerschbaumer zeigte ein Foto auf seinem Handy.

Martina schüttelte beinahe angewidert den Kopf. Swetlana mit einem Aktenkoffer, was für eine kuriose Vorstellung.

»Eines ist mir noch eingefallen: ihr Handy«, sagte Martina hastig.

Kerschbaumer wurde hellhörig. »Was ist damit?«

»Sie hat es kurz vor ihrem Tod verloren. Oder zumindest verlegt. Am Tag vor … na, bevor sie … tot war, hat sie es noch gesucht.«

»Und nicht gefunden?«

»Nein.«

Das Ermittlertrio tauschte Blicke.

»Noch eine letzte Frage«, sagte Kerschbaumer, während er sich bereits erhob. »War Swetlana Raucherin?«

Hilde und Feiersinger wunderten sich, und Martina schüttelte den Kopf.

23. Ein verschwundener Yorkshire-Terrier

Nach einer hastigen Wurstsemmel, die sie sich in der Bäckerei Weissensteiner geholt hatten (die Einladung zum Mittagessen der Hotelchefin hatten sie ausgeschlagen), interviewten sie das Reinigungspersonal, insgesamt acht Personen, sieben Frauen und ein Mann, fast alle mit osteuropäischer Provenienz wie auch Swetlana. Und Kerschbaumer, der wie immer interessiert zuhörte, erfuhr zunächst, dass Ladekabel und Zahnbürste das Häufigste waren, was Gäste im Hotelzimmer vergaßen. Aber es war auch schon vorgekommen, dass man einen Yorkshire-Terrier fand (die Frau aus dem fränkischen Erlangen hatte den Irrtum erst auf der Autobahn hinter München bemerkt), ein aufblasbares Sexspielzeug in Form eines Schafs und ein Brautkleid.

Inspektorin Hofgärtner blickte den Wiener anerkennend an: Jetzt verstand sie seine Taktik. Er fragte die Menschen nicht aus, sondern verwickelte sie in ein Gespräch. Genau genommen in ein Gespräch, das auf ihrem angestammten Terrain stattfand.

Und kurz danach erfuhr Kerschbaumer, dass sämtliche Reinigungsleute von Swetlanas Nebeneinnahmen wussten, dass sie es nicht guthießen und dass sie es ihr auszureden versuchten, aber dass sie sich überhaupt nicht erklären konnten, wer dem armen Mädchen etwas so abgrundtief Böses gewollt habe. Sie hatte keine Beziehung zu einem Mann, und ganz sicher hatte sie keine Feinde. Auch unter den Reinigungskräften vermutete man fröstelnd einen Serientäter, der bei Mord Nummer eins stand und weitere Morde folgen lassen würde. Die Sache mit dem Handy fand man zwar einigermaßen unerklärlich, aber nicht so unerklärlich, dass das ihre Serientätertheorie ausschloss.

Für den späten Samstagnachmittag hatten sie sich eigentlich noch das Küchenpersonal vorgenommen, doch Marianne Pulracher bat händeringend darum, die Befragung wenigstens auf den Sonntag zu verschieben, denn am Anreisesamstag des ersten echten Wochenendes werde auch die Küche an ihre Grenzen gehen müssen.

Kerschbaumer gab nach. Es war ohnehin ein langer Tag gewesen. Durch Gepäckchaos und Parkplatzstreitigkeiten ankommender Gäste bahnten sich die Ermittler ihren Weg zurück zur Wache.

***

Die Kaffeemaschine spuckte eine Art belebendes Getränk aus, das entfernt nach Kaffee duftete und noch entfernter danach schmeckte. Ein paar späte Sonnenstrahlen blitzten durchs Fenster.

»Haltet ihr Johannes für verdächtig?«, fragte Hilde Hofgärtner.

»Wer ist überhaupt verdächtig? Bislang scheint Swetlana eine vorbildliche Freundin und Angestellte zu sein. Wenn auch mit einem zweifelhaften Nebenverdienst«, sagte Feiersinger wie resignierend.

»Immerhin wusste Swetlana etwas, das Johannes den Job gekostet hätte, wäre er aufgeflogen«, erwiderte Kerschbaumer. »Und wohl auch die Reputation im gesamten Hotelgewerbe. Aber ob man dafür mordet?«

»Johannes hatte auch auffallend kleine Füße.«

Kerschbaumer nickte Hilde zu. »Das ist mir auch aufgefallen. Aber … Wisst ihr, was wir tun sollten?«

Feiersinger und Hofgärtner lehnten sich gespannt nach vorn.

»Swetlanas Familie. Wir wissen noch viel zu wenig über die Kastelics. Hilde, kannst du dich da noch einmal dahinterklemmen?«

Inspektorin Hofgärtner machte sich sofort daran und ließ ihre flinken Finger über die Tastatur sausen. Den Schlussakkord des Tages setzte schließlich das Telefon. Die Kollegen aus Rom riefen an, Feiersinger sprach ein leidlich gutes Italienisch, schrieb mit und legte befriedigt auf. Der fehlende Italiener aus dem Notizbuch war ausfindig gemacht worden. Und er hatte kein Alibi für den Tatabend.

»Ein potenzieller Täter«, kommentierte Feiersinger, dank der Nachricht wieder mit mehr Schwung in der Stimme.

»Wir müssen mit ihm reden«, sagte Kerschbaumer.

24. Ein Konflikt auf Russisch

An diesem Abend kam die Dunkelheit so plötzlich wie ein Handkantenschlag; die Weihnachtsbeleuchtung an den Laternen, Häusern und Hotels blinkte dafür besonders feierlich. Das Licht des Landhausstüberls tastete sich durch die Fenster in die Dunkelheit hinaus und belegte die Umgebung mit gelben, einladenden Streifen. Kerschbaumer, der eigentlich auf dem Weg ins Fitnessstudio war, verlangsamte die Fahrt und bog kurzerhand in den Parkplatz ein. Der goldfolierte Golf fiel auf wie Zahnweh, und der Wiener Ermittler war neugierig.

Durch die ausschweifende Beleuchtung im Inneren des Landhausstüberls war man von außen nicht zu sehen, also näherte sich Kerschbaumer den Scheiben des neu angebauten Wintergartens. Er entdeckte Mirko. Dieser redete heftig auf Oleg ein, der, Stoiker par excellence, das Wortgewitter mit verschränkten Armen, tief gefalteter Stirn und starrem Blick zur Kenntnis nahm und nur ab und zu den Kopf schüttelte oder ein kurzes Wort absonderte. Was mochte dort Gesprächsthema sein? Und wie konnte Kerschbaumer an diesem Tischgespräch teilhaben?

Tschip und Tschop, Mirkos Gehilfen, saßen brav am Nebentisch, schienen nicht zuzuhören, tranken Cola und löffelten Suppe. Den Mundbewegungen nach zu urteilen, schlürften sie herzhaft. Mirko und Oleg mussten den sogenannten Bauernspieß gegessen haben, bei dem Putenstücke von einem spitzen, abnehmbaren Eisenstab über dem mit Kartoffelachteln und Maiskolben gefüllten Teller baumelten. Die Teller waren leer, aber noch nicht abgeräumt, und Kerschbaumer hielt es angesichts der offenkundigen Auseinandersetzung für keine gute Idee, waffenähnliche Gegenstände in greifbarer Nähe zu lassen.

Aber was wurde dort besprochen? Kerschbaumer verlagerte nervös das Gewicht von einem Bein aufs andere. Da fuhr ein Auto auf den Parkplatz ein, und wie Kerschbaumer erfreut zur Kenntnis nahm, hatte es ein slowenisches Kennzeichen. Ein silberner Passat, der nach gut situiertem Understatement aussah. Heraus schälte sich eine junge Standard-Familie in nicht teurer, aber nicht allzu billiger Kleidung.

Die Frau und ihre hungrigen Kinder sprangen die Treppe empor, der Mann blieb ein paar Meter zurück, was Kerschbaumer ausnutzte. Er hielt ihn an und knipste sein allerverbindlichstes Lächeln an. »Äh, sprechen Sie Deutsch? Do you speak …«

»Deutsch passt«, sagte der Slowene, der nicht viel jünger als Kerschbaumer war und dessen Gesicht von der frischen Nassrasur glänzte.

»Ich bräuchte ihre Hilfe.« Dezent holte Kerschbaumer seine Kokarde hervor. Auf dem ovalen Messingschild stand *Bundespolizei Kriminaldienst*. »Sehen Sie diese beiden Männer da drin? Also, ich weiß, das klingt jetzt sehr ungewöhnlich, aber könnten Sie sich in der Nähe dieser beiden Herren platzieren und mir berichten, über was sie reden? Ich weiß, eine nicht alltägliche Bitte, und ich verstehe, wenn Sie es nicht tun wollen, aber es wäre mir sehr geholfen, wenn …«

Der frisch Rasierte lächelte ein strahlendes Lächeln. »Ja, wissen Sie, ich bin mir nicht sicher ...«

»Oh, wenn es für Sie ein Problem ist ...«

»Nun ja, möglicherweise ist es für *Sie* jetzt ein Problem.«

Kerschbaumer erstarrte.

»Ich bin *okrožno državno tožilstvo,* leitender Bezirksstaatsanwalt in der Hauptstadt und zudem *odelek za preiskovanje in pregon uradnih oseb s posebnimi pooblastili,* also für Bestechung und Amtsmissbrauch zuständig, leider ein weitverbreitetes Übel bei uns. Offenbar auch bei Ihnen.«

»Ich verstehe«, gab sich Kerschbaumer zerknirscht, dem diese unbedachte Anfrage viel Ärger einbringen konnte. »Allerdings geht es um ein wirklich schweres Verbrechen, auch noch an einer Landsfrau von Ihnen, und ...«

Der Slowene lächelte nun noch strahlender. »Rechtfertigen Sie sich nicht, man kann nicht immer im Dienst sein. Ich schaue mal, was ich machen kann.« Dann ging er die Treppe hoch und drehte sich noch einmal um. »Exekutive und Judikative müssen schließlich zusammenhalten.«

Der Slowene dirigierte seine Familie tatsächlich an einen nahen Tisch und setzte sich mit dem Rücken zu den beiden Streithähnen. Man bestellte bei der blonden Juniorchefin, die Getränke kamen bald. Der Staatsanwalt nahm einen großen Schluck von seinem Weißbier und lehnte sich wohlig zurück. Um noch näher an den beiden zu sein. Guter Mann!

Kerschbaumer blickte unterdessen gebannt auf Mirko und Oleg, als hoffte er, Inhalte durch genaue Observation zu verstehen. Mirko, der sich vorlehnte. Gestikulierte. Mit seinem Bier in der Luft herumschwang. Mit dem Zeigefinger mal hierhin und mal dorthin zeigte. Und Oleg. Der sich nicht bewegte. Die Augen zusammenkniff. Den Raum im Blick behielt wie ein guter Militär, als suchte er eine Fluchtmöglichkeit.

Als das Essen für die slowenische Familie kam, erhoben sich Mirko und Oleg, und Tschip und Tschop trotteten hinterher. Die Slowenen zündeten sich vor der Tür Zigaretten an. Oleg verzichtete. Die Glut tanzte in der Luft wie Glühwürmchen, dazu gab es Sätze, die Kerschbaumer nicht verstand. Er verbarg sich auf dem Kinderspielplatz des Restaurants hinter der bunt bemalten, hoch aufragenden Rutsche – nicht der stolzeste Moment seiner Ermittlertätigkeit. Kurz überlegte er, sein Handy hervorzuholen und die Sätze aufzunehmen, doch er war zu weit weg und hatte zudem die Befürchtung, dass das Licht des Displays ihn verraten könnte. Das würde sich nicht gut in den Akten machen.

Dann gingen alle auf den Parkplatz zu Mirkos Golf, wo Mirko Oleg offenbar anbot, ihn mitzunehmen, doch Oleg lehnte ab. Er machte sich zu Fuß auf den Weg. Mirko und seine beiden Schatten brausten davon, natürlich nicht, ohne eine Schicht Gummi auf dem Parkplatz zu hinterlassen, die unangenehm verbrannt roch, eine Weile in der Luft hing und den Schnee, das Holz und den Duft von Frittiertem übertrumpfte.

Kerschbaumer wartete ein paar Minuten, dann machte er sich auf zur Gaststube, doch auf den Stufen kam ihm schon der slowenische Bezirksstaatsanwalt entgegen. Er zuckte die Schultern.

»Sie haben sich auf Russisch unterhalten.«

»Sprechen Sie denn Russisch?«, hoffte Kerschbaumer.

»Ich hatte es vier Jahre in der Schule und seitdem nicht mehr benutzt. Nach der Grenzöffnung war das nicht mehr sehr gefragt.«

Kerschbaumer seufzte. »Haben Sie denn irgendetwas verstehen können?«

»Sicher nichts, was Ihnen weiterhelfen würde. Bruchstücke wie *Ich würde … Man könnte … Du musst … Ich kann nicht …*«

»Haben Sie nicht vielleicht ein Substantiv zu bieten? Oder wenigstens einen Namen? Irgendwas?«

»Ich fürchte nicht.«

»Oje. Dennoch herzlichen Dank. Wenn ich mich einmal revanchieren kann ... Und jetzt guten Appetit. Ihr Essen wird kalt, lassen Sie es sich schmecken.«

***

Oleg keuchte den Italienerhügel empor in Richtung Kirchheimerhof. Es war ein wirklich steiler Anstieg, selbst für kräftige, trainierte Kerle wie den russischen Ex-Elitesoldaten. Kerschbaumer verlangsamte die Fahrt und ließ das Beifahrerfenster runter.

»Soll ich Sie mitnehmen?«

Oleg zögerte kurz, dann nickte er, öffnete die Tür und wuchtete sich auf den Beifahrersitz. Das ganze Auto geriet ins Schwanken.

»Hatten Sie einen schönen Abend?« Kerschbaumer gab sich ganz unschuldig.

Oleg schaute aus dem Fenster.

»Gut gegessen?«

Oleg brummte etwas. Er war kein Mann für eine gepflegte Konversation.

Kerschbaumer parkte vor dem Kirchheimerhof. Es hatte keinen Zweck, weiter zu insistieren. Oleg nickte kurz und ging dann an der Rezeption vorbei aufs Zimmer. Und Kerschbaumer brauchte einen Zweigelt, denn am heutigen Abend hatte er genauso viel erreicht: nichts.

TAG 6 DER ERMITTLUNGEN

Sonntag, 10. Dezember

WETTER

Kühl, unschlüssige Wolkenbildung, vereinzelte Sonnenflecken, am Abend ergiebiger Schneefall.

PISTENBERICHT

Skilehrer Klaus Wollowitz aus Feldkirchen hatte den Abend beim Après-Ski in der Brechlstub'n verbracht. Als er (2,2 Promille) zu seinem Auto (Volvo XC40) auf den Parkplatz stapfte, rutschte er auf einer Eisplatte aus und brach sich die linke Schulter. Die Skisaison war für ihn damit beendet, bevor sie richtig begonnen hatte, und seinen gebraucht gekauften SUV würde er auf andere Weise finanzieren müssen.

25. Das nun aber endgültige Ende der Kerschbaumer'schen Diät

»Jetzt haben wir den Rundruf komplett. Österreicher, Niederländer und Slowenen sind nicht im Verdacht. Neben dem Italiener ist aber auch ein Deutscher ohne Alibi. Er kommt aus Miesbach.«

»Das klingt ja schon fast verdächtig«, schmunzelte Inspektorin Hofgärtner.

»Bayern, südlich von München«, referierte Feiersinger ungerührt weiter. »Ich habe sie beide hierher zitiert.«

Kerschbaumer biss mit schlechtem Gewissen in sein Vanillekipferl. »Oh, sehr gut.« Es war nicht klar, ob er Feiersingers Eigeninitiative oder das Gebäck meinte. Immerhin verzichtete er noch auf den Zucker im Cappuccino. Dann fuhren sie ins Pulracher. Es gab noch weitere Angestellte zu befragen.

***

Vor den Ermittlern saß Karin. Karin hatte ihren Nachnamen erst nach zweimaligem Nachhaken verraten.

»Wir sind ein Vornamen-Hotel«, lächelte sie.

Wahrscheinlich wusste Karin selbst nicht mehr genau, wie ihr Nachname lautete. Karin war die Spa-Chefin im Pulracher. Sie war alterslos, wie es sich für eine Spa-Chefin gehörte, irgendwo zwischen fünfunddreißig und fünfundfünfzig, etwas kräftiger gebaut und gut durchblutet, und ihre bildschönen Finger mit den hellroten, offenbar echten Nägeln lagen auf dem Schreibtisch wie auf dem Rücken eines Gastes. Sie wollte sich ganz entspannt zeigen, aber Kerschbaumer bemerkte, dass ihre Kiefermuskulatur arbeitete und die Zähne aufeinander knirschten. Ihre Frisur erinnerte an die junge Jennifer Aniston, und sie stand ihr gut. Sie duftete auch köstlich, was wohl irgendwie zum Berufsanforderungsprofil gehörte.

Die Ermittler blätterten durch das Angebot des Spas. Es gab Teil-, Ganzkörper- und Fußreflexzonenmassagen, Aromaölmassagen sowie die »original kaiserliche japanische Massage«. Außerdem gab es die Hakali-Massage, bei der die Kunden mit stachelbefreiten Kaktusblättern sowie einer Creme aus dem Fruchtfleisch der Kakteen behandelt werden, sowie das Golden-Cleopatra-Facial, eine Gesichtsanwendung, bei der den meist weiblichen Kunden eine dünne Schicht aus 24-karätigem Gold auf Wangen, Kinn und Stirn appliziert wurde.

»Das war Kleopatras Schönheits-Geheimnis«, flötete Karin auf Kerschbaumers ungläubige Nachfrage.

Dann gab es noch die Biertherapie mit Hefeextrakten, deren Vitamingehalt die Poren »verjüngen« und der Haut ein »gesundes Strahlen« vermitteln solle, die Vinotherapie mit Kärntner Weinen und, als Neuerung in diesem Jahr, die Anti-Sauna, einen Raum, in dem Gäste ein veritabler Schneesturm erwartete, um sie abzukühlen.

»Po-Facial?«, fragte Kerschbaumer, als er auf Seite achtunddreißig des Spa-Katalogs angelangt war.

Karin lächelte ihr unverbindliches Spa-Lächeln. »Wir suchen immer etwas Neues, um unsere verwöhnten Gäste zu überraschen. Und wem gefällt es nicht, ein hübsches Hinterteil zu haben?« Sie erhob sich ein paar Zentimeter und deutete einen wackelnden Po an.

Hilde Hofgärtner prustete los, was Kerschbaumer wiederum sehr amüsant fand. Dann besann er sich wieder, immerhin war er hier, um einen Mord aufzuklären. Er stellte die üblichen Fragen, die wenig hervorbrachten.

»Ich hatte mit Swetlana nichts zu tun. Ich kannte sie nur vom Sehen. Ich mochte sie sehr«, erklärte Karin ohne Nachnamen.

»Und wussten Sie von ihren Nebengeschäften?«

Karin blickte sich nach links und rechts um. »Ja, natürlich.«

»Wussten alle davon?«

Karin nickte.

Kerschbaumer schnaufte. Dieses Hotel, dachte er, müsste mal ordentlich auf links gedreht werden. »Auch die Chefin?«

Karin zuckte die Schultern. »Das weiß ich nicht.«

»Wie genau funktionierte das? Wie kam Swetlana an ihre Kunden?«

»Das kann ich auch nicht sagen. Sie war den Gästen wohl auf deren Zimmern zu Diensten.«

»Half ihr jemand bei der Organisation? Beim Geldeintreiben?«

Karin schüttelte den Kopf und schaute unwissend, die Zähne knirschten hörbar.

Kerschbaumer räusperte sich. »Bekommen nicht auch Ihre Spa-Mitarbeiterinnen häufiger Anfragen indezenter Art?«

Karin nickte. »Es ist selten, aber es kommt vor. Männer werden manchmal sehr, nun, erregt, wenn sie von unseren Girls durchgeknetet werden, und einmal hatten wir einen Moldawier, der einer Masseurin tausend Euro bot. Für eine Massage mit *Happy Ending*.«

»Happy Ending?«, fragte Kerschbaumer nach.

Hilde Hofgärtner erklärte es ihm, und Kerschbaumer wurde rot. Diese Sache kannte der Wiener noch nicht.

Die stellvertretende Spa-Leiterin hieß Swantje, kam aus den Niederlanden und war noch sehr jung. Sie hatte ein sehr langes Gesicht, das von sehr blonden schulterlangen Haaren eingefasst war; außerdem trug sie einen Pony, der ihr Gesicht rundlicher machen sollte, was dem Pony aber nicht gelang. Sie half Kerschbaumer und seinen Kollegen ebenso wenig weiter wie die Befragung einiger weiterer Spa-*Girls*.

Schließlich nahmen sie sich die Küchenbrigade vor. Sie setzten sich mit herbeigeschafften Klappstühlen direkt an den Pass, an dem wenig später der Chefkoch stehen und die fertig zubereiteten Teller zur letzten Kontrolle in Augenschein nehmen würde, bevor die Kellner sie hinaus zum Gast brachten.

Doch noch war das Arbeitstempo der Zehner-Truppe gemütlich. Jeder kümmerte sich um seinen Mise-en-place, ein paar Schüsseln wurden zu den Posten getragen, ein Lieferant brachte gerade ein Paket, was der Chefkoch kurz abzeichnete. Es roch gar nicht sehr nach Küche, sondern eher nach Reinigungsmittel – und tatsächlich funkelten Töpfe und Besteck und Arbeitsplatten blitzblank.

Chefkoch Adriano, gebürtig aus Tarvisio gleich hinter der italienischen Grenze, war ein groß gewachsener, auffallend schlanker Enddreißiger mit gesunder Gesichtsfarbe. In seiner Freizeit radelte er die Berge rauf und runter, was seine gute Form erklärte. »Wenn es hier darum ginge, möglichst viele Kalorien in sich hineinzustopfen, hätte ich den Beruf wohl falsch verstanden«, lächelte er, und Kerschbaumer fand das sehr schlüssig.

Adriano war distanziert, definitiv ganz in seinem kulinarischen Reich, beantwortete die Fragen wie abwesend und kannte Swetlana ohnehin nur vom Sehen, behauptete er. »Wir sind in der Saison fast hundert Mitarbeiter. Da kannst du einfach nicht mit jedem befreundet sein.«

Etwas wärmer wurde er, als er von dem merkwürdigsten Gast (»eine Holländerin behauptete, sie hätte eine Salzallergie«) und der ungewöhnlichsten Bestellung berichtete: Ein Ukrainer habe am letzten Silvester um Kaviar gebeten, darauf habe man ihm ein handelsübliches Schälchen von fünfzig Gramm gebracht. Der Ukrainer blickte indigniert auf die schwarze Pfütze und machte – er sprach weder Deutsch noch Englisch – eine Bewegung mit beiden Händen, die einen Berg formte. Daraufhin musste der Commis zu allen anderen Hotels im Ort laufen und sämtliche vorhandenen Kaviardosen aufkaufen, deren Inhalt man dem Russen schließlich in der gewünschten Menge darreichte. Mehr war von Adriano nicht zu holen.

Souschef Felix hingegen war ein fröhlicher Kärntner – der erste echte Einheimische im Personal, den die Ermittler befragten. Er war einer dieser Menschen, die sich schnell mit allen gut verstanden, und er schien in der Truppe äußerst beliebt. Auch die Ermittler mochten ihn sofort, denn er ließ ein paar Schmankerl aus der Küche zum Naschen auffahren, und das war besonders beim diätgeplagten Kerschbaumer hochwillkommen.

Bevor Felix sich setzte, nahm er ein gehöriges Achtel Käse und ein Messer von seinem Posten. Kerschbaumer sah, dass Felix verteufelt gut mit dem Messer umgehen konnte. Er bewegte die Klinge so schnell, dass man die einzelnen Schnitte gar nicht wahrnehmen konnte, und nach höchstens zwei Sekunden fiel der Käse in perfekte Würfel auseinander. Er sprach ihn darauf an.

»Weißt du, in einer Küche ist es so: Egal wer du bist, egal wo du gekocht hast, egal wie nett dein Lächeln ist: Wenn du nicht vernünftig mit deinem Messer umgehen kannst, dann bist du unten durch.«

Kerschbaumer riskierte einen Blick auf Felix' Schuhe, die in jenen Clogs steckten, die auch bei medizinischem Personal sehr beliebt waren. Seine Füße schienen normal groß.

»Hier, der Käse, der ist vom Bauer Michael, seine Laibe reifen in den Granatstollen unten.« Er schmeckte großartig.

»Und hier, probiert's das mal, die Kärntner Laxn vom Andreas unten aus dem Tal.« Lehrling Anja, erst seit einer Woche im Hotel, brachte Platte um Platte heran. »Eigentlich ist es eine Forelle. Hat eine lange Tradition bei uns und wächst in klarstem Gebirgswasser auf. Der Andreas räuchert noch selbst. Köstlich! Die haben sogar schon den Kaisern in Wien geschmeckt. Und hier, der Speck, direkt aus der Selchkammer vom Emanuel aus Radenthein. Und hier, selbst gemachte Schnapspralinen.« Kerschbaumer griff zu und beschloss, die Diät weiter zurückzustellen. Zumindest für heute, und vielleicht auch für morgen. Oder auch für die Dauer der Ermittlungen.

»Ja, aber nun doch noch einmal zu Swetlana. Sie kannten sie näher?«

»Vorher müssen Sie noch die Jauntaler Salami kosten, die dürfen Sie sich nicht entgehen lassen.«

»Gern. Also?«

»Wein?«

»Nein.«

Felix kam zum ersten Mal ein wenig aus der Spur. »Ja, ich ... man könnte sagen, ich kannte sie näher.«

»Hatten Sie eine freundschaftliche Beziehung zu ihr? Oder gar eine mehr als freundschaftliche Beziehung?«

»Ach, ähm, so würde ich das nicht nennen. Aber ich fand sie schon sehr attraktiv. Ich hätte auch nichts dagegen gehabt, wenn sich, ja, ähm, eine Freundschaft oder vielleicht mehr entwickelt hätte.«

»Was stand dem im Weg?«

Felix zeigte auf die Küche hinter sich, in der sich das Arbeitstempo inzwischen ein klein wenig erhöht hatte. »In der Saison arbeiten wir hier achtzehn Stunden, mit nur einer ganz kurzen Pause. Ganz ehrlich, man kommt einfach zu nix Privatem.«

»Und das bedauern Sie?«

»Ja, das könnte man so sagen.«

Haben Sie einen Verdacht, wer Swetlana etwas Böses antun wollte?«

Felix schüttelte energisch den Kopf. »Das ist für mich, also, das ist für mich ganz unverständlich. Das arme Mädl.« Seine Augen wurden wässrig.

Der Patissier namens Anzè, ein sehr rundlicher junger Mann, schob beim Zuhören die Unterlippe vor und zurück. Sein dichtes, sehr kurzes Haar ging nahtlos in einen ebenso dichten, sehr kurz gestutzten Bart über, sodass er insgesamt aussah wie ein von einer rätselhaften Moosflechte überzogener Fußball. Er war Slowene wie Swetlana, aber er hatte sie erst hier im Pulracher kennengelernt. Das Rundliche setzte sich im gesamten Körperbau fort, was sicher dem kalorienintensiven Beruf geschuldet war.

»Was für eine Tragödie«, jammerte er. Seine Tränen bahnten sich Zickzackspuren durch seinen gestutzten Bart.

»Mein Beileid. Ich versichere Ihnen, dass wir den Täter finden werden.«

Anzè schüttelte verständnislos den Kopf. »Dabei hatte sie es doch gar nicht nötig.«

»Was meinen Sie damit?«

»Nein, nein. Ich meine, sie hatte doch so viel Geld. Von daheim aus.«

»Inwiefern?«

»Na, die Großmutter. Hat viel Grund in Slowenien. Bestlage überall. Die Interessenten stehen Schlange. Die ist millionenschwer.«

Kerschbaumer wies Hilde an, diese erstaunlichen Angaben umgehend zu überprüfen.

***

»Muss ich mir um meine zehntausend Euro schon Sorgen machen?«, dröhnte es beim Verlassen des Pulracher in Kerschbaumers Rücken. Die Ermittler wandten sich um. Der dicke Bayer mit dem fehlenden Knopf stand in all seinem lodenbedeckten Selbstbewusstsein vor dem Eingangsportal des Hotels.

»Wir kommen voran«, bestätigte ihm Kerschbaumer.

»Gut, gut«, nickte der Bayer.

»Sie sind hiergeblieben zum Urlaub, trotz der Sache mit Swetlana?«, fragte Hilde Hofgärtner.

»Ja, mei. Die Firma daheim läuft von selbst.«

»Wie schön für Sie«, gab Inspektorin Hofgärtner schnippisch zurück.

»Ja, in der Tat. Dann machen Sie mal schön weiter«, setzte der Bayer launig nach.

Kerschbaumer nickte und drehte sich um. Dann blieb er doch noch einmal stehen und schaute zu dem Bayer zurück. »Ach, übrigens«, rief er ihm zu. »Es ist nur eine Routinefrage, aber wo waren Sie eigentlich am Abend des vierten Dezember?«

Der Bayer wurde blass.

26. Ein Italiener ohne Alibi

Doch die Blässe wäre gar nicht nötig gewesen, denn der Bayer konnte ein Alibi vorweisen, war er doch noch auf der Feier des örtlichen Schützenvereins in seinem Heimatort gewesen.

Die drei Ermittler fuhren zurück zur Wache. Davor wartete bereits ein Mann, der strammstand und beinahe salutiert hätte, als Revierinspektor Feiersinger den Polizeiwagen auf den Parkplatz lenkte.

»Wer ist das?«, flüsterte Kerschbaumer beim Aussteigen.

»Das müsste Ugo Gabrieli sein«, antwortete Feiersinger. »Einer der beiden Männer aus dem Notizbuch, die kein Alibi aufweisen können.«

Dass sein Auto, ein schwarzer Mercedes GLA mit italienischem Kennzeichen und getönten Scheiben und noch ein paar Chrom-Extras, verbotenerweise auf dem Polizeiparkplatz geparkt war und die Ermittler den Parkplatz der Bäckerei Weissensteiner nutzen mussten, verziehen sie ihm vorerst.

Ugo Gabrieli war äußerst nervös. Er war ein gut gekleideter *signore* mit grauem, etwas schütterem Haar. Er lebte in Udine und war weitläufig verwandt mit der Familie, dem das Unternehmen Gabrieli & C. Officine Meccaniche Spa in Buttrio gehörte, das Walzwerke und Hochöfen baute und fast drei Milliarden Euro pro Jahr umsetzte. Kurzum: Auch als weitläufiger Verwandter war man stets gewaschen und gekämmt und musste sich nicht allzu viele Sorgen machen.

Allerdings konnte Ugo Gabrieli kein Alibi für die Tatzeit vorweisen, denn er lebte allein, und Kerschbaumer wunderte sich über seine Servilität.

»Das macht Sie noch nicht verdächtig«, beruhigte der Ermittler den Italiener und lotste ihn höflich in den ersten Stock.

Der dort angebotene Kaffee, den Feiersinger mit der Privileg-Filtermaschine frisch zubereitet hatte, machte dem Italiener arg zu schaffen, aber er war höflich genug, zumindest ein paar Schlucke zu nehmen. Der Besucherstuhl quietschte nur dezent.

»Können Sie kurz erklären, in welchem Verhältnis Sie zu Swetlana standen?«

Und so erklärte er nicht nur, in welchem Verhältnis er zu Swetlana stand (es gab etwa ein Dutzend *Begegnungen*), sondern auch, und das hielt Kerschbaumer für wesentlich interessanter, wie die Treffen abliefen – nämlich im Hotelzimmer des jeweiligen Gastes, also im Hoheitsgebiet des zahlenden Kunden, worauf das Hotel nur sehr begrenzten Zugriff hatte. Oder haben wollte.

»Aber woher wusste Swetlana, dass …«

»Ach, das ergibt sich ganz von selbst. Am frühen Morgen sind Sie noch im Bademantel, verletzlich. Und dann kommt diese blonde *fatina*. Fragt, ob sie dies oder das machen darf. Bett machen, Kleidung zusammenlegen. Sie kommt ihnen dabei ganz nah. Sie lächelt. Und dann dieser hübsche Akzent. Also, da versteht man sich schnell. Und vergessen Sie nicht – das Reinigungspersonal weiß ja auch, welcher Mann als Single unterwegs ist.«

»Sie sind ja ein echter Experte.«

»Also, soweit ich weiß, ist das in Hotels nicht unüblich«, zuckte Gabrieli auf diese unnachahmlich italienische Art die Schultern, breitete die Hände aus und schürzte die Lippen. »Kennen Sie die Codes?«

»Welche Codes?«, fragte Feiersinger, der allein bei diesem Wort den Stift zum Mitschreiben zückte.

»Nun, ich habe viele Jahre lang Anteile an einem Hotel in Venedig gehalten. Fünf Sterne, mehr gehen nicht, wie Sie vielleicht wissen. Und es gibt Codes, mit denen sich das Hotelpersonal verständigen kann, auch dann, wenn Gäste zuhören. Es gibt zum Beispiel den *Early Check-out* und den *Walk-out*.«

Die Ermittler hatten davon noch nie gehört. Und sie erfuhren: Ein *Walk-out* ist ein Gast, der einfach das Hotel verlässt, ohne die Rechnung zu bezahlen. Das passiert trotz aller Vorsichtsmaßnahmen immer noch überraschend häufig, und vor allem bei ausländischen Gästen wird es ganz schwierig, die Rechnung beglichen zu bekommen. Ein *Early Check-out* ist ein Todesfall. Unangenehm fürs Hotel und auch für die Gäste. Ein Sarg ist nicht sehr unauffällig zu transportieren und drückt auf die Stimmung. Wenn die Todesursache nicht eindeutig ist, gibt es noch mehr Scherereien.

»Aber was hat das alles mit unserem Fall zu tun?«, wunderte sich Feiersinger.

»Nun, es gibt noch einen weiteren Code. Das *zweite Kissen*.«

Und mit dem *zweiten Kissen*, erfuhren die Ermittler, war der Anruf beim Concierge gemeint, der möglichst geräuschlos eine Begleitung für die Nacht organisierte, nämlich wenn der Gast nach einem *zweiten Kissen* frage.

Es sei natürlich, so Ugo Gabrieli, aus vielerlei Hinsicht von Vorteil, für solche Fragen eine hausinterne Lösung zu haben.

»Und können Sie sich erklären, was der armen Swetlana warum widerfahren ist?«

Das konnte er leider nicht. Er gab sich sehr bestürzt, hatte aber keine weiteren hilfreichen Angaben zu bieten.

Doch, eine hilfreiche Angabe hatte er dann doch noch auf Lager: »Legen Sie Wert auf guten Kaffee?«, fragte Ugo Gabrieli, nachdem sein Blick ein letztes Mal die Kaffeetasse gestreift hatte.

Kerschbaumer nickte erwartungsvoll.

Ugo Gabrieli gab ihm eine Adresse. Und sehr zu Kerschbaumers Freude war sie sogar fußläufig von der Wache entfernt.

27. Der Nerd aus dem Norden

Der Miesbacher hieß Gundolf Fleischmann und setzte sich aufreizend breitbeinig vor den Ermittlern hin. Er war noch keine dreißig und hatte sein Geld als IT-Experte in der SEO-Optimierung gemacht. Für einen Computerfreak wirkte er erstaunlich selbstsicher, obwohl seine flackernden Augen gleich mehrere Anzeichen von Charakterschwäche verrieten. Das schüttere blonde Haar war etwas hilflos nach vorn gekämmt, und es schien nur noch eine Frage der Zeit, wann der Kurzhaarschnitt fällig wurde.

»Ich habe mich erkundigt«, begann er nach ein paar dürren Begrüßungsfloskeln und einem Schluck von dem Bürokaffee. »Wenn ich nicht verdächtig bin, muss ich auf Ihre Fragen auch nicht antworten, oder?«

»Nein, das müssen Sie nicht. Übrigens müssten Sie das auch nicht, wenn Sie verdächtig wären. Aber es wäre eine große Hilfe, denn wir würden gern verstehen …«

Der Deutsche stand auf. »Nun, wenn es meinerseits keine Verpflichtungen gibt, dann würde ich gern darauf verzichten, dieses Gespräch fortzusetzen.« Die Ermittler sahen ihm nach.

»Können wir nichts tun?«, fragte Hilde Hofgärtner.

»Doch. Wenn er beim nächsten Mal kommt, spuck ihm in den Kaffee«, grummelte Kerschbaumer.

Der Chefinspektor wollte spazieren gehen, um den Kopf frei zu bekommen. Außerdem brauchte er dringend ein paar Schritte auf seinem Armband, denn er lag noch weit von seiner Tagesleistung und dem bestätigenden Vibrieren entfernt. Zumal er seine Diätbestrebungen ja auf Eis gelegt hatte. Kaffee konnte allerdings keine Sünde sein, und so beschloss er, den Tipp des Italieners zu testen. Also begab er sich zur Greisslerei in der Dorfstraße 68, wo Espresso und Cappuccino nicht traurig aus einem Automaten herausplörrten, sondern aus einer Siebträgermaschine mit ordentlich Druck erzeugt wurden. Und, Donnerwetter, Signor Gabrieli hatte recht, der Kaffee schmeckte köstlich und wurde auch noch mit Liebe, einem Schluck stillem Wasser und einem Stück Gebäck kredenzt.

Zurück auf der Wache, war Hilde Hofgärtner in ihren Recherchen in Sachen familiären Reichtums schon weitergekommen. Tatsächlich war Swetlanas Oma Kordula, die in Ljubljana und Dresden Deutsch studiert hatte, gut beieinander. Nicht so sehr körperlich, aber finanziell. Sie besaß, wie es der Patissier angedeutet hatte, Immobilien an der slowenischen Adriaküste, darunter in den beliebten touristischen Orten Pirano und Portorose.

»Ich hab mir mal die Grundstücks- und Quadratmeterpreise dort angeschaut«, berichtete sie. »Ich denke, wir können die Besitztümer von Frau Kastelic auf gut und gern fünfzehn Millionen Euro taxieren.«

»Viel Geld in Österreich. Noch mehr Geld in Slowenien«, befand Zahlenfreak Feiersinger.

»Es ist zumindest eigenartig, dass hier so viel Geld in einer Familie steckt, in der sich die zwanzigjährige

Tochter lieber als Putzfrau und halbprofessionelle Prostituierte verdingt, statt um die Welt zu reisen.«

Kerschbaumer schmeckte dem Kaffee nach, den er ein paar Minuten vorher genossen hatte. Dann kam ihm eine Idee.

28. Zischelnde Hoteliers

Er hatte gehofft, sie würde allein kommen, doch sie hatte auf die Begleitung bestanden.

»Er versteht uns ja sowieso nicht«, flüsterte Kordula Kastelic vergnügt, als Oleg ihr dabei half, sich vom Deltarad in den Stuhl zu verräumen. Als sie saß, setzte sich auch Kerschbaumer.

Der Wiener Ermittler hatte die Großmutter zum Abendessen in den Metzgerwirt geladen, eine Gaststätte unten in Radenthein nicht weit von Werners Fitnessstudio, die in den Restaurantführern Bestnoten erhielt. Die Großmutter hatte dankend angenommen, wenngleich sie auf die Begleitung bestanden hatte.

Die Stube des Metzgerwirts war so altmodisch, wie es Kerschbaumer gefiel. Denn würde er in ein hippes Wiener Lokal gehen wollen, würde er in ein hippes Wiener Lokal gehen. Auf dem Land sehnte er sich nach Land. Nach viel Holz und schweren Tischen, dicken Vorhängen vor den Fenstern und rustikalen Decken.

Es war viel Betrieb, und am anderen Ende des Saals entdeckte er Marianne Pulracher, die mit sechs weiteren Personen an einem Tisch saß. Auch die Pulracher hatte ihn entdeckt, mürrisch genickt und sich dann tuschelnd an ihre Begleiter gewandt.

Kerschbaumer holte einen Zwanzigeuroschein hervor und steckte ihn der Kellnerin zu, die gerade die Karte brachte. »Erklären Sie mir, wer an dem Tisch dort drüben sitzt.«

Es waren die großen Hoteliersfamilien Bad Kleinkirchheims: neben der Pulracher auch die Prägnitze, die Hinterhöfer und die Lärchners. Kerschbaumer betrachtete die Versammlung der Crème de la Crème im Gastgewerbe. Was die alle wohl zu dem Hotelneubau sagen mochten?

Dann aber widmete er sich seiner Begleitung. Kordula Kastelic war erkennbar froh gewesen, etwas Abwechslung von den zweifellos düsteren Gedanken zu bekommen, die sie quälen mussten. Mit viel Genuss studierte sie nun die Speisekarte, und Kerschbaumer registrierte, dass die Sommelière und Gastgeberin sich in Sachen Wein an die Alte wandte und nicht an ihn. Sie spürte wohl, wer an diesem Tisch die Autorität hatte.

Kerschbaumer wandte sich an Oleg und fragte, was jener denn zu essen gedenke. Oleg blickte auf, denn er hatte seinen Namen verstanden, aber nicht mehr. Die Kastelic übersetzte, daraufhin blickte er Kerschbaumer an und zeigte auf seine Schutzbefohlene, die für ihn schon das Richtige raussuchen würde. Es waren Gnocchi mit Tomatensoße und ein Wasser. Was für ein merkwürdiger Russe!

»Dies ist keine Befragung und erst recht kein Verhör«, begann Kerschbaumer, nachdem sie bestellt hatten. »Aber gestatten Sie mir ein paar neugierige Nachfragen. Man kommt halt nicht raus aus seiner Haut«, setzte er entschuldigend hinzu.

»Ich habe nichts zu verbergen und freue mich, Ihnen alles mitzuteilen, was Ihnen zur Hilfe gereicht.«

»Schön, schön. Also gut, dann fange ich einfach mal an. Sie besitzen enorm viel Land in Slowenien. In guter

Lage zumal. Darf ich fragen, wie Sie zu diesen Vermögenswerten gekommen sind?«

Die Augen der Alten blitzten auf, und sie begann zu erzählen. Ihr verstorbener Mann, der gut mit den Leuten von der Partei konnte, war schon in den 1970er-Jahren von einigen Oberen beauftragt worden, begehrte Westwaren ins Land zu holen, von Markenjeans bis zu Ersatzteilen für die alten Fiats und Golfs. Da blieb auch ordentlich Westgeld bei ihm hängen, einiges an italienischer Lire, etwas an amerikanischem Dollar, aber vor allem Deutsche Mark. »Sie müssen wissen, die Deutsche Mark war bis zum Euro die eigentliche Währung bei uns.«

Nach der Öffnung der Grenze wurde die Deutsche Mark noch begehrter, denn nun konnte man von ihr ganz offiziell alles kaufen, was man begehrte. Nur die Sache mit dem Eigentum, die hatte man noch nicht so recht begriffen, weder in der Partei noch in den privaten Haushalten. Und so, erzählte die Kastelic, hatte ihr Mann begonnen, für ein paar tausend Mark Grundstücke und sogar Häuser zu kaufen, entweder von der Partei oder von Privatpersonen. »Sie müssen wissen, in den Ostländern gab es durchaus Wohneigentum. Aber es wurde sehr gering geschätzt, was meinem Mann, dem Halunken, wiederum sehr zugegen kam. Jeder wollte so schnell wie möglich Westmark haben, um sich die vielen schönen Dinge zu kaufen, die es nun gab.«

Sie hatte ihr Bier schon ausgetrunken, als Kerschbaumer noch den ersten Schluck im Mund schmeckte, und sie bestellte sich schnell ein zweites. Oleg las in einem abgegriffenen Buch. Kerschbaumer blinzelte neugierig, aber der Titel war auf Kyrillisch geschrieben.

»Auch Wohnungen«, verstand Kerschbaumer.

»Gewiss. Da überschrieb man flott einen verfallenen Besitz für fünftausend Mark, solange man bis zum Lebensende dort gegen Miete residieren bleiben durfte. Mein Mann war ja nur schlau, aber kein Bösewicht, müssen Sie wissen.«

Kerschbaumer aß ein zartes Filetsteak vom Nockalmrind, das mit einem Salat gebracht wurde. Kordula Kastelic hingegen hatte die Küche ins Chaos gestürzt, weil sie Spaghetti bolognese bestellt hatte und obendrauf Filets vom Backhendl. Außerdem bestellte sie sich das dritte Bier. Die Sommelière kredenzte Kerschbaumer unterdessen einen Spätburgunder.

»Nach und nach starben die Altmieter, und mein Mann wurde vermögender. Wir waren die Ersten, die im Dorf einen Mercedes unser Eigen nennen konnten!«

»Entschuldigen Sie vielmals, wenn ich so direkt bin …«, unterbrach er sie, um die mäandernde Lebensgeschichte etwas auf Spur zu bringen.

»Nur zu, nur zu. Ich bin alt, aber nicht empfindlich.«

»Sie hinterlassen ein großes Vermögen. Und nachdem Ihre Tochter schwer krank ist …«, brachte Kerschbaumer heraus.

»Sie ist zu Entscheidungen nicht mehr fähig. Ich habe ihre Vormundschaft. Ich weiß, normalerweise ist es umgekehrt, und man entmündigt die Alten, aber solange ich noch ganz beisammen bin im Oberstübchen …«

»Also hätte Swetlana Aussicht auf ein reiches Erbe gehabt?«

»Ja«, nickte Kordula beifällig.

»Warum arbeitete sie dann als Putzfrau?«

»Das war unsere Übereinkunft.«

»Aha? Und wie genau sah diese Übereinkunft aus?«

»Sie müssen wissen, Swetlana hatte einen Traum ...« Nun begann Kordula zu weinen, und Oleg griff erstmals aktiv ins Geschehen ein. Er winkte die Bedienung herbei und zeigte aufs Bier. »Sie wollte in Portorose ein Hotel eröffnen. Schon seit sie ein Kind war. Nein, noch früher. Ich habe ihr dazu all meine Unterstützung zugesagt. Sie würde dafür drei Viertel des Erbes bekommen und ihr Bruder nur ein Viertel. Aber vorher müsse sie das Handwerk von Grund auf erlernen, beweisen, dass sie es ernst meint. Fünf Jahre sollte sie in anderen Hotels arbeiten. Als sie achtzehn Jahre alt war, haben wir diese Übereinkunft geschlossen. Das wäre ihr letzter Winter hier im Hotel Pulracher gewesen, danach sollte es in ein Hotel am Gardasee gehen.«

»Sie hatten ganz konkret ein Hotel geplant?«

»O ja, wir verfügen über zwei Villen mit Meerblick, die wir zu einem Viersternehotel mit zwanzig Zimmern hätten ausbauen können. Das, wie sagt man, Modell des Architekten war schon fertig, wir wollten im Frühjahr beginnen. Aber jetzt ...« Zum Glück war das Bier bereits auf dem Tisch.

»Verstehe. Und Mirko ...«

»Ein Tunichtgut, der nur an Autos und Tätowierungen denkt. Er hätte sein Pflichterbe bekommen, ich bin ja kein Unmensch, aber nicht mehr.«

»Und jetzt bekommt er alles?«

Kordula Kastelic hob die Hände. »Nicht so flink, noch lebe ich!«

»Dennoch ist sein Erbe, Pflicht oder nicht, gestiegen.«

Die Alte ahnte, worauf der Ermittler hinauswollte. »Ich habe meine Enkelin verloren, und Sie verdächtigen meinen Enkel des Mordes – wollen Sie mich zur Protagonistin einer griechischen Tragödie machen?«

Kerschbaumer blickte verlegen.

»Mirko wäre zu einer solchen Tat nicht in der Lage«, sagte die Kastelic mit einer Bestimmtheit, die keine Nachfrage mehr zuließ.

Kerschbaumer nickte. Und dachte an die Übereinkunft zwischen der Oma und der Enkelin. Schon wieder ein Hotelneubau, dachte er.

Man fuhr im dichten Schneeflockentreiben gemeinsam von Radenthein zurück nach Bad Kleinkirchheim und den Italienerhügel hinauf bis zum Hotel, dann ging man gemeinsam vom Parkplatz an der Rezeption vorbei zu den Zimmern, denn Kerschbaumer, die Alte und Oleg wohnten nicht nur im selben Hotel, sondern, wie sich herausstellte, sogar auf demselben Gang.

Kerschbaumer hatte Probleme, die Tür aufzusperren, was ihm merkwürdig vorkam, war der Schlüssel doch sonst immer perfekt ins Schloss geglitten. Als der Ermittler sich deswegen ein letztes Mal fragend umsah, bemerkte er gerade noch, wie sich Sechs-Bier-Kastelic und Oleg vor der Tür der Alten verabschiedeten. Sie gaben einander einen Kuss auf die Lippen.

Holla, dachte Kerschbaumer. *Das wird ja noch interessanter, als ich dachte.*

Als es ihm schließlich gelang, seine Tür zu öffnen, inspizierte er sein Zimmer genau, denn die Sache mit dem schwergängigen Schlüssel beschäftigte ihn. Er hatte nur ein bisschen getrunken, er hatte ja noch fahren müssen, daran konnte es also nicht liegen. War es möglich, dass jemand im Raum gewesen war? Nichts war verschoben, die Kleidung vom Tag lag genauso ungeordnet auf dem Sessel wie immer; Kerschbaumer war seit der Scheidung etwas nachlässig geworden. Ein ganz leichter Zigarettengeruch lag in der Luft, doch er war nicht ausreichend, um Kerschbaumer zu beunruhigen. Er legte sich schlafen, denn der Rotwein hatte ihn doch sehr, sehr müde gemacht.

Und so hörte er auch nicht mehr die Sirenen, die Bad Kleinkirchheims beschaulichen Sonntagabend kurz darauf zerrissen.

29. Es brennt!

Die sechzig Mitglieder der Freiwilligen Feuerwehr Bad Kleinkirchheim blickten auf recht ruhige Monate zurück. Zwei Katzen von den Bäumen geholt, ein paar Wege vom Schnee freigeschaufelt, drei Keller ausgepumpt, bei einem Erdrutsch die Straße nach Radenthein gesperrt, bis die Kollegen aus Spittal mit dem schweren Gerät da waren. Zwei Schwelbrände in den Thermen, ein festgefahrenes Pistengerät, das in einen Graben gesackt war. Zwischendurch: den Fuhrpark gewartet und geputzt (Rüstlöschfahrzeug Allrad 2000 von Steyr-Daimler-Puch mit Zweitausend-Liter-Wassertank, Tanklöschfahrzeug Allrad 2000 von Mercedes Atego mit Schaumausrüstung, das Kleinrüstfahrzeug Syncro, das Kleinlöschfahrzeug Mercedes 310 und natürlich der nagelneue Leiterwagen DLK 23-12 von Iveco Magirus mit elektrischem Wasserwerfer, der zweitausendfünfhundert Liter pro Minute ins Feuer pumpen konnte), die Sirenen kontrolliert, beim Feuerwehrfest im August dank des Grillwagens 3432,85 Euro eingenommen, denn in Sachen Bratwürste machte Kommandant Oskar Gurkentrummer niemand etwas vor. Geduld und konstante Hitze waren Oskars Grillgeheimnis, außerdem verwendete er stets grobe Würste auf dem Grill, die nicht so leicht platzten. Wenn Zeit blieb, wendete er sie vorher in Milch – ein echter Profitrick.

Der Alarm aber, der nun, um 23.32 Uhr, die Stille Bad Kleinkirchheims zerriss, das seit dem erneuten Schneetreiben am Abend von einem flauschigen Weiß überzogen war, verhieß nichts Gutes. Der Notruf hatte Flammen im Dorfzentrum gemeldet. Das konnte vieles bedeuten, in jedem Fall war ein Feuer mitten im Ort eine potenziell lebensgefährliche Angelegenheit. Denn ein Feuer mitten im Ort bedeutete: ein Feuer mitten unter Menschen. Kommandant Gurkentrummer setzte vorsichtshalber die gesamte Maschinerie in Gang. Und es war wie stets ein erhabener Anblick und ein gänsehäutiges Gefühl, wie die roten Fahrzeuge mit Blaulicht aus ihren Garagen schossen, immer der Gefahr entgegen. Ein General, der seine Truppen in die Schlacht schickte, musste ähnlich empfinden.

Der profitable Grillwagen, ein hölzerner Verschlag auf einer Achse, der seit dem sommerlichen Grillfest noch auf dem Vorplatz stand, dort allerdings etwas unglücklich geparkt war, wie Gurkentrummer jetzt zugeben musste, wurde in der Kurve von Leiterwagen DLK 23-12 angefahren, doch in dem Getöse bekam das kaum jemand mit. Und das bisschen Pressspan, dessen Splitter in alle Richtungen spritzten, würde sich schnell reparieren lassen.

Das Dorfzentrum war hell erleuchtet, aber auf eine unheimliche Art, denn das grelle Flackern, die langen, wabernden Schatten, der Funkenflug – all das machte Gurkentrummer Sorgen. Das war definitiv mehr als ein Schwelbrand in einer Sauna. Als sie näher kamen, mussten sie auch noch Feuerwände aus Blitzlicht durchdringen, denn längst hatte sich der halbe Ort versammelt, hielt alles auf dem Handy fest und behinderte die Zufahrt. Gurkentrummer stellte sich in solchen Momenten gern ein Maschinengewehr auf dem Wagendach vor.

Dann die Erleichterung: Es war ein Autobrand, kein Wohnungsbrand. Mitten auf dem Dorfplatz stand ein Audi in allerschönsten Flammen. Gurkentrummer bekam kurz einen veritablen Schreck, war es doch, soweit er erkennen konnte, ein silberner Audi A4 Avant, genau das Modell, das er selbst fuhr. Doch dann erinnerte er sich, dass er ja mit ebenseinem Auto vor ein paar Minuten zur Wache gefahren war, um den Einsatz zu koordinieren. Was nur bedeuten konnte, dass …

Die Flammen loderten aus den Fenstern links und rechts und vereinten sich zu einem spitz zulaufenden Kegel über dem Wagendach. Der Kofferraum hob und senkte sich unter der Hitze, denn auch dort hatte sich ein Feuer gebildet, dessen Flammenzungen gleißend hell und tiefschwarzen Rauch verbreitend aus dem Spalt strömen wollten. Der Gestank nach verbrennendem Kunststoff stach heftig in der Nase. Das Auto sah aus wie ein Opferaltar.

Was nur bedeuten konnte, setzte Gurkentrummer seinen Gedanken fort, dass es das Auto des …

»Ach, ach – mein Audi!«, rief der Bürgermeister, der in einem grau-weiß gestreiften Pyjama herbeigeeilt kam, über dem ein grauer Morgenrock wehte. An den Füßen trug er Filzpantoffeln, mit denen er wenig Halt im Schnee fand, und es fehlte nur noch die Schlafmütze, um wie die perfekte Karikatur eines Dorfhonoratioren zu wirken. Es gab nur zwei silberfarbene Audi A4 Avant in Bad Kleinkirchheim, die Fahrzeuge der Touristen nicht mitgezählt.

Gurkentrummer befahl den Einsatz mit Schwerschaum. Zwei Schläuche wurden von je zwei Feuerwehrmännern vom Rüstlöschfahrzeug und vom Tanklastfahrzeug zum Auto herangeführt; es zischte heftig, und der Brand war innerhalb von Sekunden so unspektakulär schnell gelöscht, dass die Schaulustigen enttäuscht aufstöhnten.

»Hatten Sie Ihr Auto denn genau hier geparkt?«, fragte Gurkentrummer.

»Äh, nein, natürlich nicht.« Erst jetzt wunderte sich auch der Bürgermeister. »Es stand da drüben auf dem Parkplatz vor dem Rathaus.«

Gurkentrummer blickte nachdenklich auf die Szene.

TAG 7 DER ERMITTLUNGEN

MONTAG, 11. Dezember

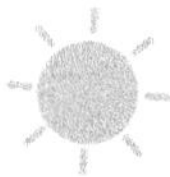

WETTER

Sonnig, wärmer werdend, anrückender Südwind mit feuchter, modrig-meeriger Luft, am Abend leichter Schneefall.

PISTENBERICHT

Oben auf der Maibrunnhütte war bereits um vierzehn Uhr das Bier aus, sämtliche weiteren alkoholischen Getränke waren zwanzig Minuten später weg. Niemand konnte sich diesen skandalösen Mangel erklären. Den Kakao wollte auch keiner.

30. Im Büro des Dorfvorstehers

»Hatten Sie denn Ihr Auto genau hier geparkt?«, fragte Wendelin Kerschbaumer.

»Nein. Es stand da drüben auf dem Parkplatz vor dem Rathaus«, sagte der Bürgermeister.

»Sie lassen Ihr Auto über Nacht am Arbeitsplatz stehen?«

»Nun ja, ich wohne gleich hier gegenüber.« Bürgermeister Rudolf Oberhuber, im Dorf nur Rudi gerufen, zeigte auf eine Apartmentanlage im Achtzigerjahre-Stil aus weißem Waschbeton und schwarzen Schindeln und dem Primat der Asymmetrie, weil das damals als architektonisch wertvoll galt.

Kerschbaumer hatte in der Nacht wunderbar geschlafen. Die Sirenen hatte er zwar doch irgendwie wahrgenommen, aber wer in einer Großstadt wohnt, für den sind sie eher ein Wiegenlied. Nun war er mit Revierinspektor Feiersinger und Inspektorin Hofgärtner am Tatort. Das ausgebrannte Auto stand anklagend auf dem Dorfplatz, ein schwarzes, hässliches Gerippe, das in einem doch auffallenden Gegensatz zu der angenehmen Sonne stand, die sich heute zeigte und die beschneiten Dächer zum Glitzern brachte. Auch Kommandant Gurkentrummer war anwesend. Dorfjugendliche machten Aufnahmen für ihre Instagram-Storys, ein paar alte Vetteln freuten sich ob der Abwechslung und ließen sich besonders lange Zeit, den Platz vor dem

Rathaus zu überqueren. Süßlich-fieser Gestank nach verbranntem Plastik kroch ihnen in die Nasen.

»Ein Dummejungenstreich, oder?«, fragte Bürgermeister Oberhuber voller Hoffnung, darauf bedacht, die Sache ganz niedrig aufzuhängen, möglichst unterhalb der Grasnarbe.

»Kommen denn solche Dummejungenstreiche in Ihrer Gemeinde öfter vor?«, fragte Kerschbaumer.

»Nein«, gab der Bürgermeister zu. Er sah nun vorzeigbarer aus als noch gestern Nacht, obwohl er eindeutig schlecht geschlafen hatte. Er war von mittelgroßer Statur und insgesamt mit einem buchhalterischen Gesicht gesegnet. In einem Versuch, sich eine pfiffige Originalität zu verpassen, wurden seine Brillengläser von einem dicken, knallroten Gestell umfasst, das Kerschbaumer schon bei der Pressekonferenz aufgefallen war. Eine Idee seiner Frau, die noch große Pläne mit ihm hatte.

»Können Sie Näheres zur Brandursache sagen?«, fragte Kerschbaumer Feuerwehrkommandant Gurkentrummer.

Der räusperte sich und nahm Haltung an. »Nun, ich denke, die Fahrerscheibe wurde aufgebrochen, vielleicht mit jenem Stein dort.« Er zeigte auf einen Brocken nicht weit vom linken Vorderreifen. »Und dann hat jemand einen Brandbeschleuniger auf den Vordersitz geworfen. Marke Diavolina. Gibt es in jedem Supermarkt. Macht gutes Kaminfeuer.«

»Auch Sie bitte ich um eine Einschätzung: Ist das noch ein Streich?«

Gurkentrummer schüttelte den Kopf. »Das übersteigt alles, was wir jemals hier erlebt haben. Mal eine abgeknickte Antenne – okay. Aber selbst der letzte zerstochene Reifen ist mehr als drei Jahre her.«

Inspektorin Hofgärtner nickte bestätigend.

***

Im Büro des Bürgermeisters wurde lauwarmer Kaffee gereicht. Über Oberhubers Schreibtisch hing eine Karte von Bad Kleinkirchheim aus den 1930er-Jahren. Ein paar Höfe, sonst nicht viel. Erstaunlich, was der Wintertourismus in nur drei Generationen bewirkt hatte. Auch der stellvertretende Bürgermeister kam hinzu, ein gewichtiger, tendenziell übel gelaunter Mann, der so tief in den Fünfzigern war wie der Bürgermeister in den Vierzigern. Der Stellvertreter stellte sich als »der Münster Herbert« vor und setzte sich nieder wie ein Mann, der für heute bereits genug getan hatte, schwer atmend und mit verschränkten Armen.

»Eine entsetzliche Tat«, sagte Bürgermeister Oberhuber. Kerschbaumer ergänzte im Kopf: *… für unser Ansehen.*

»Ich rede natürlich vom Tod des armen Mädchens.«

»Natürlich.«

»Und diese Sache mit dem Auto, also ich glaube nach wie vor, dass … nun ja, ein Zufall, ein Streich, wie immer man das nennen will, jedenfalls kein Anschlag im engeren Sinne. Ich denke, meine Versicherung wird alles … geräuschlos erledigen, und für mich ist die Sache dann … auch erledigt.«

»Wir sehen keinen Zusammenhang zwischen diesen Taten, aber wir können auch nichts ausschließen«, entgegnete Kerschbaumer.

»Das verstehe ich.«

»Haben Sie Feinde? Haben Sie in letzter Zeit Drohbriefe bekommen, anonyme Anrufe? Ist Ihnen sonst etwas aufgefallen?«

Bürgermeister Oberhuber nahm seine rote Brille ab und putzte sie. Nun war sein Gesicht nahezu unsichtbar. »Ich lese viele Krimis, müssen Sie wissen. Montalbano, Camilleri, Hammett, Chandler.«

»Chandler, so, so.« Das war zufällig auch Kerschbaumers Lieblingsautor.

»Und ich weiß, dass in vielen dieser Geschichten immer der Bürgermeister mit drinhängt und oft am Ende der Bösewicht ist. Aber ich kann Ihnen versichern, dass ich mir weder den Mord noch den Brand meines Audis erklären kann.«

31. Mirko redet, ein bisschen

Auf die anstehende Vorladung war Kerschbaumer äußerst gespannt, und wie er es vermutet hatte, kam Mirko nicht allein. Seine beiden Schatten Tschip und Tschop waren dabei und machten Anstalten, sich ebenfalls in den Raum zu drängen.

»Dürfen mit?«

Kerschbaumer schüttelte den Kopf.

Mirko gab den beiden ein Handzeichen, und sie trollten sich.

»Sie haben ein Problem mit dem Gesetz«, richtete sich Kerschbaumer an Mirko.

Der kicherte wie ein kleines Kind. »Gut gesagt«, fand er.

»Wir haben noch keine heiße Spur und ermitteln in verschiedene Richtungen. Verstehen Sie das?«

Mirko nickte. Er saß auf dem wackligen Besucherstuhl in der üblichen verächtlichen Haltung, sogar noch breitbeiniger als der deutsche Computerexperte. Vermutlich hatte er sich diese Getto-Gesten vor dem Spiegel antrainiert.

»Da wir wirklich jede Spur verfolgen, müssten wir auch noch einmal über Ihre Familie reden. Wir schätzen das Immobilienvermögen Ihrer Großmutter auf mindestens fünfzehn Millionen Euro.«

Mirko nickte erneut, aber die ganz unbeteiligte Visage konnte er dieses Mal nicht aufrechterhalten. Die Mundwinkel zuckten deutlich nach oben. Wahrscheinlich stellte er sich eine ganze Flotte getunter goldener Golf GTIs oder Golf R vor, die in Ljubljana vor ihm auf und ab paradierten.

Hilde Hofgärtner stellte Swetlanas Bruder einen frisch aufgebrühten Filterkaffee hin, und Kerschbaumer setzte das Gespräch fort, das seitens Mirko bislang nicht so recht in Gang kommen wollte.

»Wie viel Sie davon bekommen, ist uns noch nicht ganz klar. Denn Ihre Großmutter lebt ja noch, und möge Sie noch lange gesund bleiben.«

Mirko lächelte.

»Doch Ihr Pflichterbanteil hat sich seit dem Tod Ihrer Schwester in jedem Fall deutlich erhöht. Wir schätzen, dass Sie nun selbst im schlechtesten Fall mit mindestens fünf Millionen …«

Mirko dämmerte etwas. Er sprang auf und stützte sich mit weißen Knöcheln auf den Schreibtisch, an dem Kerschbaumer saß. »Heißt, ich soll sein schuld?«

Kerschbaumer wurde während seines Berufslebens bislang zwei Mal von Verdächtigen tätlich angegriffen. Zwei Mal hatte es der Verdächtige bitter bereut. Denn was Selbstverteidigung angeht, gab es keine überlegene Technik. Boxen, Karate, Judo, Taekwondo, Krav Maga – alles das Gleiche. Das Geheimnis war vielmehr psychologischer Natur. Auch der rabiateste Kerl hält Eskalationsstufen ein. Fängt erst an zu schubsen oder mit der flachen Hand zuzuschlagen. Wollte man gewinnen, musste man die Eskalationsstufen überspringen und als Erster auf hundert sein. Den ersten Schlag ausführen. Der aber endgültig ist. Kerschbaumer kannte da eine Stelle am Kinn, die den Kiefer nicht brach, aber den

Gegner verlässlich ausknockte. Das hatte jedenfalls beide Male geklappt, und er war zuversichtlich, dass es zur Not auch bei Mirko klappen würde.

Doch zunächst sandte Kerschbaumer Signale der Entspannung aus, lehnte sich zurück und öffnete die Handflächen. Die Füße platzierte er fest auf dem Boden, um im Fall der Fälle schnell aufspringen zu können.

Mirko beruhigte sich und fiel in den knirschenden Besucherstuhl zurück. Hilde Hofgärtner reichte Gebäck, Mirko schlang es mit zwei großen Bissen hinunter.

»Ich unschuldig.«

»Natürlich. Doch schon aus verwaltungstechnischer Sicht – verstehen Sie das? – muss ich Sie nach Ihrem Alibi für die Mordnacht fragen.«

Mirko nahm zwei Finger in den Mund und stieß einen Pfiff aus. Zwei Sekunden später standen Tschip und Tschop im Raum.

»Alibi«, lächelte er. »Zwei Alibi.«

Kerschbaumer blieb nichts anderes übrig, als zurückzulächeln.

32. Ordnung ins Schlamassel

Gestärkt von einem Kaffee aus der Siebträgermaschine der Greisslerei an der Dorfstraße, setzten sich die Ermittler auf der Wache zusammen.

»Also schön. Was haben wir? Eine tote Zwanzigjährige. Eine Hobbyprostituierte. Ansonsten bestens beleumundet«, begann Kerschbaumer.

»Keine Feinde. Kein Motiv. Alle nachweisbaren Kunden haben Alibis, bis auf zwei«, sagte Hilde. »Und die sind auch vorläufig unverdächtig. Jedenfalls keine Vorstrafen.« Sie hatte alles am Computer überprüft.

»Fünfundachtzig Prozent aller Morde werden von Menschen mit Vorstrafen begangen, meistens mit Vorstrafen wegen Körperverletzung oder anderer Gewaltdelikte«, wusste Feiersinger, der Statistik-Fuchs.

»Dann haben wir das Handy«, warf Hilde ein. »Beziehungsweise, wir haben es nicht.«

»Und einen vorbestraften Taugenichts als Bruder. Der ein gutes Motiv hat, aber auch ein Alibi, so zweifelhaft das sein mag. Eine überraschend reiche Oma, die ihre Enkelin für ein Erbversprechen als Putzfrau arbeiten lässt. Einen russischen Pfleger, der in einem, nun ja, offenbar engeren Verhältnis zur Oma steht und vielleicht ganz eigene Ambitionen hat.« Kerschbaumer hatte den Kollegen von dem Abend mit der Kastelic und dem Abschiedskuss berichtet.

»Und einer, der weiß, wie man Menschen unter die Erde bringt«, sagte Feiersinger mit einem leichten Schaudern.

»Und nun auch noch das angezündete Auto des Bürgermeisters«, ergänzte Hilde Hofgärtner.

»Und ein Hotelneubau«, sagte Kerschbaumer.

»Was hat denn der Hotelneubau damit zu tun?«, fragte Hilde verblüfft.

»Ich habe vorgestern Kluibnschädl getroffen.«

»Wen?«

»Den rasenden Reporter von *Österreich Heute Aktuell*. Der berichtete mir, dass noch ein Hotel kommen soll, unten bei den Thermen. Ja, vielleicht sogar mehr als eines. Und dass das durchaus für Unmut sorgt.«

»Ja, eine große Sache. Aber was hat das mit dem Mord zu tun?«

Kerschbaumer zuckte die Schultern. »Ich weiß nur, dass in dieser Geschichte immer wieder Hotels auftauchen. Swetlana arbeitet als Putzkraft in einem Hotel und bietet dort ihre Extradienste an. Die Alte will ihr ein Hotel in ihrer Heimat finanzieren. Und nun diese ganzen Hotelneubauten hier in Bad Kleinkirchheim.«

»Wie auch immer: Heute um sechzehn Uhr findet das Begräbnis von Swetlana statt«, teilte Hilde Hofgärtner mit, die von Kerschbaumers Überlegungen offenkundig wenig zu halten schien.

»Ja, ich weiß«, antwortete er. »Die Alte macht sich heute Vormittag mit ihrem Elite-Schatten auf den Weg, will aber gleich wieder zurückkommen.«

»Sollte einer von uns ebenfalls dort sein?«, fragte Feiersinger.

»Ich denke, das wäre gut«, nickte Kerschbaumer. »Übernimmst du das, Feiersinger?« Feiersinger war aus irgendeinem Grund einfach kein Mensch, den man mit dem Vornamen anredete.

Hilde gab dem Kollegen die Adresse.

»Vorher müssen wir uns aber noch auf die Namen einigen, deren Handys wir mit Funkzellenabfrage ausfindig machen können.«

»Wie viele Namen dürfen wir?«, fragte Hilde.

»Zehn.«

»Welche nehmen wir?«

»Auf jeden Fall Mirko. Er hätte als Einziger ein valides Motiv. Immerhin hätte er bei der Erbschaft viel Geld an Swetlana verloren.«

»Und zweiundneunzig Prozent aller Morde ...«

»... finden im Familienkreis statt«, beendete Kerschbaumer Feiersingers Ausführungen. »Schön: Mirko. Weiter?«

Hilde: »Oleg. Und der Bürgermeister.«

Kerschbaumer, wie zu sich selbst: »Marianne Pulracher?« Er musste lächeln, als er den Namen nannte, denn Feiersinger zuckte zusammen. »Nein, ich denke, auf die Dame können wir verzichten.« Feiersinger entspannte sich.

»Ich will den Koch, den Juniorkoch und den Patissier«, sagte Hilde Hofgärtner.

»Und die beiden Freier ohne Motiv?«

»Die brauchen wir auch.«

»Der Bayer?«

»Den sowieso.«

Kerschbaumer übermittelte die Namen und die dazugehörigen Handynummern telefonisch an Lutz-

Heiko Heil, der noch einmal darauf hinwies, dass jede Funkzellenabfrage zwölftausend Euro kosten würde und dass die Ermittler sich damit »seeeehr weit« aus dem Fenster lehnen würden, denn so etwas, ob es nun gelänge oder nicht, wäre ein gefundenes Fressen für jeden Journalisten, der in Sachen großer Überwachung et cetera ein gefundenes Fressen für seine Kolumne finden und die Untergrabung der Exekutive garantieren würde.

33. Gewinner und Verlierer

Feiersinger entschwand, Hilde hackte auf ihrem Computer herum, und Kerschbaumer dachte über ein Kipferl von der Bäckerei Weissensteiner nach. Er machte sich Notizen, telefonierte noch einmal mit dem Bürgermeister, las aufmerksam die Protokolle.

»Erklär es mir: Wer gewinnt, wenn ein neues Hotel in Bad Kleinkirchheim eröffnet?«

Hilde verdrehte die Augen. »Du und deine Hotels«, neckte sie.

»Ja, ich weiß auch nicht«, zuckte Kerschbaumer die Schultern. »Das lässt mir keine Ruhe. Ich kann's nicht erklären. Nenn es das untrügliche Bauchgefühl eines langjährigen Chefinspektors.«

Hilde kräuselte die Nase und unterdrückte ein Lachen. Gab sich dann aber geschlagen. »Neue Hotels sind in Ferienorten wirklich keine große Sache.«

»Dennoch: Wer gewinnt?«

»Als Erstes die Restaurantbesitzer. Also jedenfalls in diesem speziellen Fall. Keines der neuen Hotels darf ein eigenes Restaurant haben, das war die Auflage. Wer fein essen will, muss das auswärtig tun.«

»Wer gewinnt noch?«

»Na, eigentlich alle: Skischulen, Supermärkte, Trafiken, Skiliftbesitzer, Ärzte, Apotheker, Orthopäden, Massagedienste, Skihüttenbetreiber, Weinhandlungen, Radlverleiher, Sportgeschäfte, Geschenkeshops – etwas Besseres als mehr Kundschaft gibt es doch gar nicht.«

»Und wer ist dagegen?«

»Da ist die Wahl schon enger, aber ziemlich bedeutsam. Alle großen Hoteliersfamilien werden die Konkurrenz nicht mögen. Die Preise werden sinken.«

»Und die Einheimischen?«

***

»Ich habe auch etwas gegen ein weiteres Hotel«, erklärte der Münster Herbert, der schwergewichtige Stellvertreter von Bürgermeister Rudi Oberhuber. Er hatte etwas überraschend um eine Unterredung gebeten und saß nun auf dem Besucherstuhl vor Kerschbaumers Schreibtisch. Der Stuhl war ihm bedenklich zu klein, die Plastikinnereien kreischten erschrocken.

»Warum haben Sie etwas dagegen?«, fragte Kerschbaumer.

»Es geht um die Identität.«

»Was meinen Sie damit?«

Der Münster Herbert schnaufte durch. »Wir sind ein kleiner Ort. Wir können nicht auf Masse machen. Wir müssen unseren Gästen Exklusivität und Romantik bieten. Schauen S', uns wirft man immer vor, dass wir kein echtes Dorfzentrum haben. So eines, wo man schön schlendern und shoppen kann. Darauf antworte ich, dass es doch genau das ist, was unser BKK ausmacht! Wer teure Handtaschen oder Pelzmäntel einkaufen will, soll nach Kitzbühel oder Cortina!«

»Und was hat das alles mit dem Hotel zu tun?«

Der Münster Herbert tupfte sich mit einem Stofftaschentuch die erregte Stirn ab. »Wissen S', wir dürfen aus unserem Bad kein Billigziel machen. Bald werden die ersten Banglas ihre Grattlereien eröffnen. Und Funktionskleidung und Plunder und Lumpen für zehn Euro anbieten. Und Badezeug für die Thermen. Und wahrscheinlich noch Burkinis. Entschuldigen Sie meine offenen Worte.«

Inspektorin Hofgärtner griff rasch ein, um das Gespräch zu retten. »Verstehe: das Ende der heilen Welt.«

»Ja, so könnte man es ausdrücken. Und ein Hotel wie dieses, das dort an den Thermen entstehen soll, das wird das Ende der Gemütlichkeit. Oder der Anfang vom Ende der Gemütlichkeit.«

»Aber darf ich fragen, warum Sie uns das alles erzählen?«, hakte Kerschbaumer nach.

»Ja nun, in der letzten Zeit hat es deswegen große Meinungsverschiedenheiten zwischen dem Bürgermeister und mir gegeben. Wir waren … mal befreundet, doch jetzt wohl nicht mehr. Wir haben uns erst letztens furchtbar gezankt, ich sag es Ihnen. Und ich will, dass Sie es von mir hören und nicht von anderen. Ich kann Ihnen nämlich versichern, dass ich nichts mit dem brennenden Auto zu tun habe.«

»Der Bürgermeister ist also für den Hotelbau?«

Der Münster Herbert lachte bitter auf. »Der Bürgermeister kann schlecht was dagegen haben.«

»Wie meinen Sie das?«

»Der Grund, auf dem das Hotel entsteht, hat ihm gehört!«

***

Als der Münster Herbert gegangen war, kam Feiersinger noch einmal zurück, denn er hatte sein Handy liegen gelassen.

Kerschbaumer wandte sich an Hilde. »Such mir alles raus, was der Computer zu diesem Hotel hergibt.«

»Zum Hotel vom Münster Herbert?«, fragte Feiersinger.

»Welchem Hotel?«, fragten Hilde und Kerschbaumer gleichzeitig.

»Er baut sich gerade eine kleine Pension, draußen, nicht weit vom Golfplatz.«

Kerschbaumer griff zum Telefon und wählte Lutz-Heiko Heils Nummer.

»Wir brauchen noch eine weitere Funkzellenabfrage«, sagte der Wiener Ermittler.

34. Inspektion des Baugrundes

Am Nachmittag spazierte Kerschbaumer auf dem Talrundweg, der einen so schönen Ausblick über den Ort bot. Und den konnte der Ermittler jetzt brauchen. Doch er sah nichts von Belang. Schneebedeckte Häuser. Die weißen, gesperrten Plätze des Tennisclubs. Hundebesitzer kamen ihm entgegen. Man grüßte freundlich. Alles recht idyllisch. Nicht nach einem Mord aussehend. Ein alter Mann holte Holz rein, kam an der Türschwelle ins Stolpern und ließ die Scheite zu Boden plumpsen. Die darauf folgenden Flüche hätten selbst hartgesottenen Sprachforschern die Röte in die Wangen getrieben.

Dann gelangte Kerschbaumer auf den Parkplatz der Kaiserburg, wo die ersten Skifahrer von ihrer Pistengaudi zurückkehrten, sich schwerfällig ihrer Schuhe entledigten, sich aus ihren dicken, wie gepanzert wirkenden Mänteln schälten und erschöpft in ihre Kombis plumpsten.

Und dann stand Kerschbaumer am Zielhang der Damen-Weltcup-Abfahrt, die hier alle zwei Jahre stattfand. Unten drängelten sich die bunten Gestalten, um noch ein letztes oder vorletztes Mal mit der Sechser-Gondel nach oben zu fahren. In der Après-Ski-Bar wurden schon Lieder gesungen, die den Intelligenzquotienten jedes Zuhörers um zehn, jedes Mitsingers um zwanzig Punkte senkten. Bier und Schnaps befeuerten die Feierseligen, die in Skistiefeln an den groben Holztischen saßen und wohl bald in denselben auf denselben tanzen würden.

Meine Güte. Was für eine Wand. Wenn man ganz nah herantrat, dann wirkte sie, als streckte sie sich in jede Richtung in unendlichem Weiß aus. Ein paar Skifahrer, die oben stürzten, konnten sich erst unten wieder aufrichten – es war so steil, dass es kein Halten mehr gab.

Kerschbaumer konnte passabel Ski fahren, jedenfalls für einen Wiener, aber so recht war die Liebe nie entflammt. Sein Herz schlug seit jeher für den Fußball. Bloß, dass er mit seinen Lieblingsvereinen, Rapid Wien und dem Hamburger Sportverein (wegen des mütterlichen Einschlags), schon seit Jahren wenig zu lachen hatte. Aber Leidensfähigkeit gehörte nun einmal zum Fan-Dasein dazu.

»Wie man da nur im Schuss runterfahren kann«, sagte er zu dem Mann, der neben ihm stand, einem braun gebrannten, kerngesund scheinenden, jugendhaften Mittsechziger.

»Oh, das ist ganz einfach. So tief wie möglich in die Hocke, Gewicht nach vorn, dann geht's wie auf Schienen.«

»Das ist alles?« Kerschbaumer kam der Mann bekannt vor, aber er konnte ihn nicht recht einordnen.

»Dazu die Augen zukneifen und ein Mariahilf gen Himmel«, lächelte der Mann.

Und dann kam schon ein Übertragungswagen von *ORF Kärnten* herangespritzt und hielt mit quietschenden Reifen. Aufgeregte Redakteure sprangen heraus.

Kerschbaumer fuhr sich durchs Haar. Er hasste diese Spontaninterviews, aber die gehörten nun einmal zum

Job. In Wien hatte er sogar zwei Schulungen machen müssen, in denen eine Schauspielerin vom Burgtheater erklärte, welche Gesten man vor der Kamera zu machen habe und welche nicht. (»Nie die Arme vor der Brust verschränken!«)

Also setzte er sich in Pose und wartete auf das Schlimmste. Was könnte er den Presseleuten schon groß sagen? Er würde auf die üblichen Phrasen zurückgreifen müssen. Dass man zwar *noch keine heiße Spur* habe, aber *vielversprechende Ansätze* verfolge, dass alle *verfügbaren Polizeikräfte zusammengezogen* seien und man mit *Hochdruck an der Aufklärung* arbeite. Oder so ähnlich.

Und da kamen sie auch schon auf ihn zu. Er drückte die Schultern zusammen und holte tief Luft.

Doch zu seiner Überraschung stürzten sie an ihm vorbei.

»Franz, Franz«, riefen sie. »Franz, hier, lass uns – ach nein, doch lieber hier! Aber unbedingt vor der Piste. Komm, solange wir noch etwas Tageslicht haben!«

Und sie umlagerten den Mann, mit dem sich Kerschbaumer gerade unterhalten hatte. Einer tupfte ihm schon im Gesicht herum, eine andere schnallte ihm ein Mikro ans Revers, eine Dritte, offenbar die Reporterin, machte sich selbst noch schnell hübsch.

Dann war ihm alles klar. Der Franz, das war der Franz Klammer. Der Klammer Franz. Der Nationalheld. Das Werbegesicht des Bundeslandes Kärnten und diverser Banken, Telefongesellschaften und Fruchtsaftkonzentrate. Jener Franz Klammer, nach dem genau diese Damen-Weltcup-Abfahrt überhaupt erst benannt war. Kerschbaumer schämte sich sehr. Aber der Franz, der winkte nur vergnügt.

35. Eine unergiebige Zapfstation

Weiter ging es mit Kerschbaumers Erkundungsschritten. Linker Hand stiegen aus dem Außenpool der Thermenanlage heiße Dämpfe, ein paar Mutige seiften sich mit Schnee ein. Über einen schmalen Pfad, der sich nicht entscheiden konnte, ob er nun matschig oder gefroren sein wollte, gelangte er zu dem enormen Parkplatz, wo bald der Hotelneubau entstehen sollte. Die ersten Familien kamen angefahren, weil »Von den Pisten in die Thermen« kein leerer Werbespruch war.

Direkt gegenüber lag eine kleine Tankstelle. Kerschbaumer überquerte die Straße. Es war eine dieser unabhängigen Dorftankstellen, die wohl bald von den großen Ketten übernommen – oder ganz aufgegeben – sein würden. Es gab eine Werkstatt und ein Raucherstüberl, in dem offiziell nicht mehr geraucht werden durfte. Es roch dennoch nach kaltem Tabak. Und nach heißem Gummi und Treibstoff. In dem Zeitungsständer sahen die Zeitungen alt aus, obwohl sie von heute waren.

Ein älterer Mann stand hinter der Theke, der sicher viel über Bad Kleinkirchheim und seine Einwohner erzählen könnte. Bloß sah er nicht so aus, als würde er das wollen. Und er wirkte umso skeptischer, als hier ein Flaneur daherkam, der nicht einmal getankt hatte und etwas dumm herumstand.

Kerschbaumer legte einen Stapel Zeitschriften auf den Tresen. Der Mann hackte auf einer alten Kasse herum, die gerade noch so die Elektrifizierung mitbekommen hatte.

»Das Hotel soll ja bald kommen«, sagte Kerschbaumer beiläufig und nickte mit dem Kinn in Richtung Parkplatz. »Gibt dann viel Kundschaft, oder?«

Der Mann kniff die Augen zusammen. Er war ein ganz harter Hund. Endlich schnaufte er, was wohl eine Art Nein bedeuten sollte. Dann schob er nach: »Die tanken alle unten.«

»Unten?«

»In Radenthein. In Feld am See. In Spittal. Zwei Cent billiger. Sind doch alles Geizkragen.«

»So, so, na ja …«

Der Blick des Tankwarts fiel auf das Titelblatt der ersten Zeitschrift. *Bild der Frau*. Die Schlagzeile lautete: »77 Tricks, im Haushalt zu sparen.«

»Für meine Freundin«, entschuldigte sich Kerschbaumer. Und legte noch ein paar Packungen Pfefferminz auf den Tresen. »Was sagen Sie zu der Toten?«

»Kommt alles von den Hotels.«

Kerschbaumer horchte auf. »Wie meinen Sie das?«

»Zu viel Geld. Das verdreht den Leuten den Kopf.«

»Auch einer jungen Reinigungskraft?«

Eine holländische Großfamilie stürmte herein und räumte die Süßwarenregale leer. Zudem hatte sie ihren VW Touareg randvoll getankt. Der Tankwart wandte sich den neuen Kunden zu, die erheblich mehr Marge versprachen.

Kerschbaumer ging an den Zapfsäulen vorbei und blickte erneut auf den Parkplatz, der sich immer weiter füllte. Sollte der Mord doch irgendwie mit dem Hotelneubau zusammenhängen? Aber wie und warum?

***

In der Abenddämmerung fuhr Kerschbaumer ins Rucki-zucki Fit nach Radenthein. So ganz wollte er seine Vorsätze dann doch nicht aufgeben und verordnete sich zumindest eine halbe Stunde. Etwas Radfahren, ein paar leichte Gewichte. Werner war sehr kleinlaut, als er den Zehneuroschein für den Eintritt einsteckte.

»Muss ich mir Sorgen machen?«, fragte er mit traurig herunterhängenden Ohren. Er sah sich vor dem beruflichen Aus.

»Vorerst nicht«, sagte Kerschbaumer. »Und wenn du uns irgendwie helfen kannst, diesen Fall aufzuklären, erst recht nicht.«

»Was muss ich tun?«

»Hör dich einfach um. Jeder Hinweis kann wichtig sein.«

Kerschbaumer schwang sich aufs Rad und stellte den zweitniedrigstmöglichen Widerstand ein. Die Frau aus dem Aerobic-Video war auch wieder da und warf Kerschbaumer einen kecken Blick zu. Doch der war mit seinen Gedanken ganz woanders – wenn auch an keinem bestimmten Ort.

Nein, Kerschbaumer war nicht nur zum Abnehmen oder gar zum Ermitteln im Fitnessstudio: Er mochte diese Welt, auch wenn er selbst mit seinem etwas unförmigen Körper und dem Ansatz eines Spitzbauches nie so aussah, als würde er wirklich dazugehören. Aber ein Fitnessstudio war der Ort der Wahrheit. Im Gegensatz zur komplexen, verwirrenden Wirklichkeit gab es hier nur Schwarz oder Weiß. Ja oder Nein. Da liegt das Gewicht. Stemmst du es oder nicht? Keine Kompromisse, keine Abwägungen, keine Diskussionen. Deine Kraft reicht aus, oder deine Kraft reicht nicht aus. Das Kraftstudio war ein Ort, der alles Grau ausradierte, und genau das konnte Kerschbaumer nach diesem ganzen Scheidungssalat sehr gut gebrauchen.

Auch in dieser verwirrenden Mordgeschichte war dieser Hantelraum eine wertvolle Oase. Kerschbaumer dachte an den Spruch, der in seinem Wiener Fitnessstudio am Spiegel hing: »Freunde kommen und gehen. Aber hundert Kilo bleiben hundert Kilo.« Dort übrigens, in Wien, gingen die richtigen Kanten ein und aus. Und er hatte so schon einige wertvolle Tipps für seine Ermittlungen erhalten, denn Fitnessstudios bildeten den perfekten Schnittpunkt zwischen Normalleben und Unterwelt. Bankiers trainierten hier ebenso oft wie Waffenschieber, Künstler ebenso oft wie Drogendealer.

Doch das Ruckizucki-Studio sollte dem Ermittler vorerst nur als kontemplativer Ort dienen. Als Wellness-Refugium, fern aller Konfusion.

36. Die Beerdigung in der Einkehr

Draußen loderten Flammen aus Feuerschalen. Zwei Großbildschirme zeigten Aufzeichnungen internationaler Fußballspiele. Decken im Kuhfelldesign lagen aus, in die sich die Gäste einhüllten. Es wurde ordentlich geraucht und getrunken, die Musik war zwar schlimm wie überall in den Bergen, aber immerhin in der Lautstärke erträglich. Insgesamt schien der Gasthof Einkehr ein sehr gemütlicher Ort zu sein.

Die drei Ermittler wollten den ereignisreichen Tag bei einer deftigen Mahlzeit und ein paar Fluchtachteln gemeinsam ausklingen lassen. Also saßen sie zu dritt drinnen – draußen war doch eher was für die Touristen – an einem gemütlichen Tisch und ließen es sich schmecken. Es gab Kärntner Kasnudeln und handgekrendelte Fleischnudeln, geräucherte Forelle aus dem eigenen Teich, Tafelspitz mit Apfelkren und Schnittlauchsoße und Wildragout.

Feiersinger zeigte die Handyfotos von Swetlanas Beerdigung. Man sah Bruder Mirko. Man sah Oma Kordula. Man sah Oleg. Alle waren akkurat in Schwarz.

»Ist dir sonst noch was aufgefallen?«, fragte Kerschbaumer.

»Nein. Alles Verwandte. Altes Volk. Niemand aus unserem engeren Kreis.«

»Niemand vom Hotel?«

Feiersinger schüttelte den Kopf. »Die Chefin hat niemandem freigegeben. Saisonstart und so.«

»Also keine neuen Erkenntnisse.«

»Wobei: Der Pfarrer war komisch«, sinnierte Feiersinger.

»Was meinst du?«

»Ich habe nicht alles verstanden«, kratzte sich der Inspektor am Schädel, »aber es klang irgendwie komisch. Nach Sühne, nach Rache.«

Ein sinistrer Pfarrer – Kerschbaumer fühlte sich schon wieder an Agatha Christie erinnert und verzichtete vorsichtshalber auf weitere Nachfragen.

Zum Nachtisch bestellten sie Apfelstrudel mit Schlagobers, zwei Espresso und einen Cappuccino (Feiersinger), zahlten und traten dann vor die Tür. Dort schlug ihnen die kühle Luft ebenso entgegen wie die Hitze aus den Feuerschalen. Und ein Hauch Alkohol, der in der Luft lag. Waren es hier jedoch nicht die Wirkungstrinker, sondern jene, die sich erhofften, den Skihasen später in der Nacht ihre Funktionskleidung vom Leib zu schälen.

Sie gingen bis zu dem kleinen Forellenteich, der zum Restaurant gehörte, und betrachteten die Mehrfamilienapartments, die sich in monotoner einheitlicher Bauweise den Berg emporhangelten.

»Hier, die Firma Landadel«, erklärte Hilde Hofgärtner. »Die war viel umstrittener als das neue Hotel da unten an den Thermen.«

»Holländer, oder?«

»Genau. Und du kennst ja sicher die Vorurteile«, sagte Hilde. »Schlimme Billigheimer, sagt man. Doch das hat hier nie Scherereien gegeben, niemand hat sich wirklich beschwert. Obwohl Landadel alle Apartments mit Küchen ausgestattet hat. Kein gutes Geschäft für die Restaurants im Ort, im Gegensatz zu den neuen Hotels.«

Kerschbaumer blickte den Berg empor. »Und was ist deine Schlussfolgerung?«

»Wenn ein holländischer Investor einen Berg vollzementieren kann, dann sollte ein neues Hotel doch keinen Stress bereiten. Und erst recht kein wie immer geartetes Motiv für einen Mord.«

Kerschbaumer blickte in den pechschwarzen Himmel und bekam eine Schneeflocke genau ins Auge.

TAG 8 DER ERMITTLUNGEN

Dienstag, 12. Dezember

WETTER

Ein kühler, klarer Tag mit viel Sonne und langen Schatten.

PISTENBERICHT

Scherzbolde hatten in der Nacht eine aufblasbare Sexpuppe in den Sessellift der Maibrunnbahn gesetzt. Das fiel jedoch erst auf, als der Betrieb bereits angelaufen war. Weil der Liftbediener sich weigerte, die Sexpuppe anzufassen (»Wer weiß, was ich mir da weghole!«), drehte diese noch eine zweite Runde bergauf und bergab, unter dem Gelächter der Jugendlichen und den indignierten Blicken der Erwachsenen, die mit ihren Kindern unterwegs waren. Noch am selben Tag war #sexdoll der Instagram-Hashtag mit den meisten Likes aus Bad Kleinkirchheim, was den Tourismus-Verantwortlichen so gar nicht recht war.

37. Ein erster Verdächtiger

HORROR IM BERGIDYLL!

Was ist bloß los in Kärntens beliebtem Skiort Bad Kleinkirchheim? Eine bestialisch ermordete Putzfrau, ein Brandanschlag auf den Bürgermeister – und Spezialisten aus Wien, die bislang im Dunkeln tappen. Was steckt hinter den ebenso tragischen wie rätselhaften Vorkommnissen? Großer Bericht im Inneren!

Franz Ferdinand Kluibnschädl schien mit seiner *Österreich Heute Aktuell* entschlossen, sich Bad Kleinkirchheims rätselhafte Vorkommnisse zu eigen zu machen und eine Meinungsführerschaft zu übernehmen. Erneut hatte die *ÖHA* den Mord auf die Titelseite gepackt, dieses Mal mit einem Bild des brennenden Bürgermeisterautos.

»Der Rudi hat bereits angerufen«, seufzte Feiersinger, »und ...«

»... und er ist nicht amüsiert«, beendete Kerschbaumer den Satz. Er kannte die Honoratioren dieser Welt. Und niemand wollte über einen Ort präsidieren, der als Pandämonium beschrieben wird.

Unter dem »*HORROR IM BERGIDYLL!*« war ein großes Foto des brennenden Autos, dahinter sah man schwach und im Rauch etwas verschwommen jede Menge Schaulustiger. Kerschbaumer erkannte: Einer der Gaffer war Mirko, Swetlanas mürrischer Bruder.

»Die Sache mit dem Brandbeschleuniger …«, überlegte Kerschbaumer. »Vielleicht sollten wir doch mal schauen, wer da zuletzt was gekauft hat.«

»Das dürfte unmöglich sein«, erklärte Hilde. »Die Wintersaison hat begonnen, jeder Zweite packt das Zeug in seinen Einkaufswagen.«

Kerschbaumer war Wiener und mit Zentralheizungen aufgewachsen. Kamine kannte er nur aus Heimatfilmen und Winterferien.

»Hast du inzwischen etwas über das Hotel herausgefunden?«, wechselte Kerschbaumer, etwas peinlich berührt, rasch das Thema.

»Ja, aber wartet, ich bin gerade dabei, die Ergebnisse der Funkzellenabfrage auf Google Maps zu übertragen.«

Kerschbaumer stand auf und blickte ihr neugierig über die Schultern.

»Ein Gefallen, den wir den Informatik-Studenten der Uni Klagenfurt zu verdanken haben «, erklärte die Inspektorin. »So sehen wir sofort, wer wann wo war. Schon schick, oder?«

Sie hatten die Genehmigung bekommen, die Handybewegungen folgender Personen nachzuverfolgen: Swetlana-Bruder Mirko, Loden-Wiedehopf, Omas Pfleger Oleg, Muskel-Werner, Guest Manager Johannes, Chefkoch Adriano, Souschef Felix, Patissier Anzè sowie die beiden Freier ohne Alibi. Und als Draufgabe: den stellvertretenden Bürgermeister. Die Funkzellenabfrage von Swetlanas Handy war bereits ohne Ergebnis ausgewertet worden – zuletzt war es im Pulracher geortet worden, drei Tage vor dem Mord. Seitdem Funkstille, kein Signal mehr.

Und schon begannen sich auf dem Bildschirm rote Linien in und um Bad Kleinkirchheim zu bewegen.

»Das ist ja wie ein Videospiel«, scherzte Feiersinger.

»Ja, soweit ist alles regulär. Hier wird es spannend – die Mordnacht.«

»Wie groß ist denn eine Funkzelle?«, fragte Kerschbaumer.

»Hier in Bad Kleinkirchheim etwa hundert Meter. Die Informatiker haben das Zentrum jeder Funkzelle zu einem Punkt reduziert. So können wir die Bewegungen besser sehen.«

Doch keine der roten Linien bewegte sich auf den Stadl zu, in dem Swetlana ermordet wurde. Auch nicht auf hundert Meter. Kerschbaumer seufzte. Es wäre auch zu einfach gewesen.

»Das hat nichts zu bedeuten«, erklärte Hilde. »Das macht noch niemanden unschuldig, sie könnten ja einfach das Handy daheimgelassen haben. Aber schaut mal, was am nächsten Morgen passiert.«

Eines der Handys entfernte sich schnell. Die rote Linie verließ Bad Kleinkirchheim, raste die Straße nach Radenthein hinab, bog auf die Bundesstraße 98 Richtung Villach und hielt dann abrupt – und nur für ein paar Minuten – in Feld am See. Offenbar direkt am Ufer. Nur wenig später flitzte die rote Linie wieder zurück, den Berg hinauf und vereinte sich mit den anderen roten Linien in einem undurchsichtigen Kuddelmuddel.

»Wem gehört das Handy?«

»Anzè. Dem Patissier.«

»Zoom doch mal die Karte von Feld am See größer.«

Hilde zoomte auf den Ort am Ufer, an dem die Linie verharrt gewesen war.

»Strandbad Gabi«, las Kerschbaumer und runzelte die Stirn. »Ein Strandbad, am fünften Dezember, früh am Morgen?«

»Geschlossen. Es hat nur im Sommer geöffnet«, wusste Feiersinger.

»Lassen wir es uns von ihm selbst erklären.«

38. Anzès Mini-Geständnis

»Einen Kaffee wollten Sie wohl nicht dort trinken, oder?«

Patissier Anzè saß auf dem knirschenden Besucherstuhl und schüttelte den Kopf.

»Es hatte ja auch geschlossen. Was also wollten Sie dann?«

Anzès Gesicht sah nun so aus wie ein Fußball, aus dem man etwas Luft abgelassen hatte: Insgesamt zwar noch rund, aber hier und da zeigte er erste Erschlaffungsdellen.

»Die Morgenluft. Der Arzt hat sie mir verschrieben. Seeluft. Der Chole… Cholesterinspiegel. Er ist zu hoch.«

»Wie hoch genau?«

»Äh.« Anzè fuhr sich über die Stoppeln, dass es richtiggehend rauschte. »Tausend?«

Kerschbaumer schmunzelte. »Damit wären Sie ziemlich genau zwei Mal tot.«

»Na ja, die Werte im Blut, ich weiß auch nicht genau. Sehr hoch jedenfalls.«

»Und um die Werte zu verbessern, reichen zwei Minuten Seeluft, hat der Arzt gesagt?«

Anzè nickte schwach, denn sein Kopf war schon fast ganz auf die Brust hinabgefallen.

»Wenn Menschen so kurze Zeit an einem Seeufer verbringen, müssen sie entweder pinkeln oder wollen etwas entsorgen«, sagte Inspektorin Hilde Hofgärtner.

»Hatten Sie etwas zu entsorgen?«

Dann hatte alles Leugnen keinen Zweck mehr, denn Anzè zerriss es innerlich. »Das Handy! Ja, das Handy!«, rief er und begann bitterlich zu weinen.

»Welches Handy?«

Anzè schluchzte.

»Swetlanas Handy?«

Anzè nickte und haspelte wirr das Geschehene zusammen. »Die SIM-Karte habe ich gleich die Toilette runtergespült. Noch am selben Tag.«

Hilde stellte ihm ein Glas Wasser hin, das er hastig leer trank.

»Aber das Handy – ich dachte, vielleicht kann man es noch irgendwann verwenden. Dass ich es verkaufe. Aber dann habe ich Angst bekommen. Mit dem Mord und so! Nicht, dass jemand denkt …«

»Drei Tage vor Swetlanas Tod haben Sie ihr das Handy gestohlen«, fasste Kerschbaumer das nässende Gestammel zusammen. »Dann haben Sie es in den See geworfen, als die Nachricht von ihrer Ermordung im Hotel eintraf.«

Anzè nickte wieder.

»Warum das alles?«

Nun heulte er so hemmungslos, dass Hilde Hofgärtner ihm zur Beruhigung den Arm auf die Schultern legte. Hier saß kein Mörder vor Kerschbaumer – oder aber der gerissenste Hund, mit dem er in zwanzig Jahren zu tun gehabt hatte.

Anzè beruhigte sich ein bisschen. Und dann begann er zu erzählen. Stockend, immer wieder die Tränen aus den Augen wischend. Schon seit dem Sommer sei er in sie verliebt gewesen. Habe ihr Nachrichten mit Zwinker-

Smiley geschickt. Sie habe zurückgezwinkert. Er dachte, dass da was gehen könne. Habe ihr obszönes Zeug geschickt. Ja, auch ein paar Fotos. Ja, auch von da unten. Nicht nackt, aber immerhin. Daraufhin habe sie nicht mehr geantwortet. Habe gedroht, alles der Chefin zu zeigen! Wie hätte er da dagestanden? Also habe er ihr das Handy gestohlen.

»Tja«, fuhr sich Kerschbaumer übers Gesicht, allerdings knisterte es bei ihm weniger als bei Anzè. »Das macht Sie leider zu einem Hauptverdächtigen in dem Mordfall.«

Nun sprang Anzè in ungeahnter Agilität aus dem Stuhl. »Aber ich habe doch ein Alibi!«

»Für die Mordnacht?«

»Für die Mordnacht! Nach dem Martini-Dessert blieben wir bis um drei Uhr nachts in der Küche!«

Das stimmte, und Anzè konnte drei Zeugen benennen. Im Hotel wurde am Abend zum Saisonbeginn lange aufgekocht, und nach dem letzten Dessert, das herausgeschickt wurde – in der Gastronomie seit Jahrzehnten als »Martini-Dessert« bekannt, weil danach die Flaschen fürs Personal aufgemacht werden –, wurde genau das getan: Man betrank sich mit gutem Zeug und den angebrochenen, übrig gebliebenen Flaschen, um auf eine erfolgreiche Saison anzustoßen. Sie mussten Anzè gehen lassen.

***

»Vielleicht hält ja das ganze Hotel zusammen und deckt ihn?«, mutmaßte Feiersinger.

»Du liest zu viele Krimis«, winkte Kerschbaumer ab. »Erzähl mir lieber was über den See.«

»Der Feldsee, auch Brennsee genannt, ist mehr als vierzig Hektar groß, aber nicht sehr tief, maximal fünfundzwanzig Meter. Allerdings ist das tief genug, um ein Handy für immer verschwinden zu lassen.«

»Wir sollten Cobra anfordern«, entschloss sich der leitende Ermittler.

Feiersinger nickte. »Sie haben vierzehn Polizeitaucher. Und normalerweise kommen sie in Dreierteams.«

»Die werden sich freuen, in drei Grad kaltem Wasser zu operieren«, warf Hilde Hofgärtner lakonisch ein.

»Das Handy könnte eine wichtige Spur sein«, insistierte Kerschbaumer. »Wir müssen alles tun, um es zu finden. Außerdem, vielleicht hält das klare Wetter ja bis morgen. Kaffee?«

Hofgärtner und Feiersinger nickten, und Kerschbaumer brach auf, um drei Cappuccinos zum Mitnehmen in der Greisslerei zu ordern. Feiersinger kam mit, und dieses Mal bot er an, den Cappuccino zu zahlen. Als der Revierinspektor das Portemonnaie öffnete, schaute Kerschbaumer eher zufällig hin. Klar, dass Feiersinger umständlich im Münzfach herumkramte, um es möglichst exakt zu haben. Er hatte vermutlich sogar ausgerechnet, welche Kleingeldmünzen man mindestens dabeihaben musste, um jeden Centbetrag bis neunundneunzig passend zahlen zu können.

Als Kerschbaumer nun so beiläufig auf das Portemonnaie schaute, entdeckte er ein Foto in der Klarsichtleiste gegenüber dem Münzfach.

Das Foto kam ihm bekannt vor.

Er war sich nicht hundertprozentig sicher, aber fast.

Auf dem Foto war Marianne Pulracher.

***

»Um die Sache mit den Hotels aus dem Weg zu bekommen«, sagte Hilde beim Cappuccino, »solltest du wissen, dass einer der Investoren Hans-Hermann Hintermaier ist.«

»Der schlagersingende Abfahrer?«

»Genau der.«

»Ach.«

»Das ändert nichts, im Gegenteil. Das ist doch eine tolle Werbung für Bad Kleinkirchheim.«

»Jedenfalls für diejenigen, die diese Werbung wollen«, grummelte Kerschbaumer, aber er sah allmählich ein, dass der Hotelneubau keine wirklich brauchbaren Erkenntnisse in dem Mordfall bringen würde. Einen Versuch wollte er sich jedoch noch geben.

39. Trevisol mischt sich ein

Das Telefon, das 1998 einmal sehr modern gewesen war, ließ mit seinem Klingelton das vorherige Jahrhundert wiederauferstehen. Hilde sah die Nummer des Anrufers und schaltete auf Lautsprecher. Aus dem Telefon grantelte Hartmut Trevisol, wie Kerschbaumer gleich nach den ersten gutturalen Grußlauten erkannte.

»Wie geht es dir?«, fragte Hilde Hofgärtner mitfühlend, worauf Trevisol sich erst über das Krankenhausessen ausließ, das offenbar aus Analogschinken, geronnenem Rotz und den Innereien von Innereien bestand und mit einem Salatblatt garniert war, das so tot war, dass es fast schon wieder aufblühte. Dann folgte ein Klagelied über den neuen Mitpatienten, einen Italiener, der ein noch schlechterer Skifahrer sei als Trevisol und mithin einen noch komplizierteren Bruch davongetragen habe, was – wie Trevisol freimütig zugab – dazu führte, dass die Aufmerksamkeit vom Chefarzt bei der Visite nicht mehr ihm allein galt. Außerdem gestand er – ebenso freimütig –, dass er seine Chancen bei der hübschen Krankenschwester Marisa geschmälert sah, denn diese kümmere sich auffallend aufmerksam um den Italiener, der sich zudem vor jeder Visite mit Sorgfalt kämme, der eitle Sack.

Dann endlich, Kerschbaumer hatte bereits auf dem Handy ein Sudoku-Gitter geöffnet, ging es um die konkreten Ermittlungen. Trevisol wollte wissen, wie wann was wo geschehen war, und zwar vor allem das, was nicht in der Zeitung stand. Hilde referierte brav, Feiersinger ergänzte, wo es nötig war.

»Hört der Wiener mit?«, fragte Trevisol lauernd.

Hilde bejahte.

»Dann passt mal auf: Lasst gefälligst die arme Pulracher in Ruhe, die hat es ohnehin schon schwer.«

»Wir haben sie nur routinemäßig befragt«, erklärte Kerschbaumer, »es gibt keinen Grund, sie zu verdächtigen. Aber es gibt auch keinen Grund, ihr nicht einige Fragen …«

Aus dem Telefonlautsprecher kamen Töne, die unmöglich einem Menschen zugeordnet werden konnten. Doch es war tatsächlich Trevisol, der sich in eine Art Ekstase raunzte.

»Die Pulracher, ach, das Mariandl, das arme Ding, hat es doch eh schon so schwer. Witwe ist sie, mit Mitte dreißig. Ich bin mit ihr in die Schule gegangen, kenne sie, seit sie ein kleines Mädl war. Und beim Kirchtag im Sommer, sie im Dirndl, blau und rot, mit der Knopfleiste, ich im Kärntner Anzug, ach …«

Kerschbaumer blickte wieder auf sein Sudoku-Gitter.

»Ich weiß, wer es war«, krächzte es irgendwann aus dem Telefon, und Kerschbaumer beschloss, doch kurz hinzuhören. »Nehmt euch diesen Autoschieber vor!«

»Welcher Autoschieber?«, fragte Kerschbaumer, obwohl er ahnte, auf wen Trevisol hinauswollte.

»Na, der Bruder. Der hat ein Motiv. Und wer ein Motiv hat, ist der Täter. Außerdem wissen Sie doch, dass acht von zehn Morden im Familienkreis passieren.«

»Es sind sogar mehr als neun«, sagte Feiersinger, aber er sagte es so leise, dass Trevisol es nicht hörte.

»So einfach ist das aber nicht«, hielt Hilde ihrem lädierten Vorgesetzten entgegen, »denn …«

»Ihr seid einfach viel zu weich«, krächzte Trevisol. »Erst verhaften und die Presse ruhigstellen, dann weitersehen, das ist mein Motto.«

Mit den besten Wünschen für eine gute Genesung würgte Hilde ihren nominellen Vorgesetzten schließlich ab. Danach herrschte ein paar Sekunden lang Stille im Raum, bis Hilde und Feiersinger zugleich tief durchschnauften.

40. Die taffe Chefin, plötzlich ganz zahm

In der Abenddämmerung, bei einem Glas Wein und ein paar Häppchen in aparten Schälchen, sah die Welt doch immer ganz anders aus. Das empfand auch Marianne Pulracher so, und sie war an diesem Abend die Liebenswürdigkeit höchstselbst. Sie hatte Kerschbaumer in eine nur indirekt beleuchtete Ecke der Bar gebeten, in der ohnehin nicht viel zu tun war, denn die Gäste aus dem Norden waren bereits beim Essen, und die Gäste aus dem Süden kämen frühestens gegen zwanzig Uhr auf den Aperitivo vorbei.

Kurzum: Die Pulracher und Kerschbaumer waren so allein, dass sie sich einen innigen Kuss hätten geben können, ohne dass es jemandem aufgefallen wäre. Und die schöne Chefin wirkte beinahe so, als legte sie es genau darauf an. Sie roch wie immer gut, irgendwie nach frischen Kräutern und Bergen und Blumen, ihre Haut schimmerte im Schein der Kerze, die auf dem Tisch stand, rein und hell wie Porzellan, und die Art, wie sie die Olive in den Mund nahm, kaute, den Kern mit der Zunge zwischen die Lippen schob und dort mit den manikürten Fingern entgegennahm und in einem Schälchen entsorgte – herrje, das war schon alles sehr erotisch. Kerschbaumers Lieblingsautor Raymond Chandler hätte gesagt: Sie war der Typ Frau, für die ein Bischof ein Loch in ein Kirchenfenster treten würde.

»Sind Sie denn weiter in Ihren Ermittlungen?«, flötete die Pulracher.

»Ein klein wenig«, schwindelte Kerschbaumer.

»Die arme Swetlana.«

»Erzählen Sie mir von den neuen Hotels.«

»Was haben denn die neuen Hotels mit dem Mord zu tun?«

Kerschbaumer hob die Schultern. »Wahrscheinlich nichts. Ich will mir aber ein Bild von dem Ort machen. Ich will wissen, worüber hier geredet wird.«

»Geredet wird viel.«

»Auch über das Hotel?«

Marianne Pulracher winkte ab. »Natürlich. So wie immer eben. Das ist aber keine Konkurrenz für uns, wenn Sie darauf aus sind. Andere Zielgruppe, andere Ansprüche. Unser Hotel ist für Gäste, die sich verwöhnen lassen wollen.«

»Was uns wieder zu Swetlana bringt: Haben Sie von ihren Nebeneinkünften gewusst?«

Marianne runzelte die Stirn. »Das haben Sie mich doch schon mal gefragt.«

»Ja, aber die Antwort hat mir nicht gefallen.«

Marianne Pulracher lächelte. »Nun ja, *wissen* ist ein starkes Wort, bei siebzig Angestellten und in der Hochsaison noch ein paar mehr ist es schwierig, seine Augen überall zu haben. Geahnt habe ich es vielleicht.«

»Hätten Sie es unterbunden, wenn Sie es *gewusst* hätten?«

Sie kaute auf einer weiteren Olive herum. »Mit Sicherheit, was denken Sie denn? Wobei: Die seltsamste sexuelle Spielart ist doch wohl die Enthaltsamkeit. Jeder sollte in der Lage sein, sich ab und zu etwas Schönes zu gönnen. Finden Sie nicht auch?«

41. Ein Geier der unteren Hackordnung

Die Sportalm Gruber war zweigeteilt. Es gab die klassische Stube mit allerlei alpinen Anklängen, alten Skiern an der Wand und vergilbten Pokalen, und es gab den modernen Anbau mit dem Pizzaofen, den großen Fenstern und den Familientischen. Kerschbaumer dachte sich: Wenn schon Alpen, denn schon – und bat um einen Platz in der alten Stube.

Er genoss die Stille des solitären Abends. Er liebte die unaufdringliche Einsamkeit, die ihn im Restaurant umhüllte wie ein vertrauter, gut sitzender Wollpullover. Der Ermittler hatte sich ein Buch mitgebracht, in dem er sich zu versenken gedachte, die Abhandlung eines US-amerikanischen Wissenschaftlers darüber, dass die Roboter in spätestens zwanzig Jahren uns alle beherrschen würden. Kerschbaumer mochte es, sich wohlig zu gruseln, was eine wahre Erholung gegenüber der harten Wirklichkeit echter Verbrechen war.

Doch wie man seinen eigenen Namen in einem vielstimmigen Rauschen heraushört, so hörte Kerschbaumer nach nur wenigen Minuten eine wohlbekannte und sehr geschätzte Stimme aus dem Nebenraum. Die Stimme klang aufgeregt, besorgt, nicht gerade glücklich.

Ob es Trance oder Pflichterfüllung war: Kerschbaumer erhob sich und beschloss, nach dem Rechten zu sehen.

Und tatsächlich saß dort Hilde Hofgärtner, und der Mann, der ihr gegenübersaß, musste ihr Ex-Freund sein.

Hilde wirkte erst überrascht, dann etwas verlegen, aber auch erleichtert. Sie stellte die beiden Männer einander vor.

»Ah, der Kollege aus Wien«, freute sich Fridolin Viehböck.

»Ja, ich wollte nur fragen, ob hier alles in Ordnung ist.«

Fridolin sah in etwa so aus, wie Kerschbaumer ihn sich vorgestellt hatte: ein braun gebrannter Lebemann, der sich darum bemühte, jünger auszusehen. Seine Nase war klein und bogenförmig. Er bezeichnete sie gern als *Habsburger Nase*, doch Kerschbaumer fühlte sich eher an einen Geier der unteren Hackordnung erinnert. Er trug sein volles weißes Haar im Undercut-Stil eines zwanzigjährigen Fußballprofis. Die Augenbrauen waren gestutzt, die Hände manikürt. Seine Augen wirkten merkwürdig, und es dauerte ein paar Minuten, bis Kerschbaumer erkannte, was so verstörend war – die Augäpfel schienen nicht rund, sondern zweidimensional zu sein, richtig platt, wie aufgemalt.

»Natürlich, natürlich! Setzen Sie sich doch zu uns«, johlte Fridolin leutselig.

»Nein, ich denke, das werde ich nicht tun.«

»Doch, doch! Sie müssen doch mit anhören, was mir Ihre bezaubernde Kollegin vorwirft, ganz die korrekte Beamtin, die sie nun einmal ist. Niemand kann raus aus seiner Haut, nicht wahr?«

Da war sie, diese plötzliche Aggressivität, mit der Kerschbaumer nach Hildes Andeutungen gerechnet hatte. Ein funktionierender Alkoholiker, der den ganzen Tag einen gewissen Pegel halten konnte, ohne dabei wirklich auffallend zu sein. Es gab sie bis in die höchsten

Gesellschaftsschichten, und mit geübtem Auge waren sie gut zu erkennen, etwa an dem leicht glasigen Blick, der immer etwas zu lauten Tonlage und an den Stimmungsschwankungen – an denen vor allem.

»Wie gefällt es denn einem Weltstädter wie dir bei uns in der Provinz?« Der Ex-Freund wechselte das Thema, und das plötzliche Duzen war nicht einmal das größte Problem, er schaffte es, dass jedes einzelne Wort verächtlich klang – dabei war das doch eine ureigene Spezialität der Wiener.

»Es gefällt mir ganz außerordentlich gut hier«, lächelte Kerschbaumer freundlich und dachte darüber nach, wie er Fridolin durch das Fenster nach draußen und den Hang hinab schmeißen könnte, ohne dass es jemandem groß auffallen oder seinem beruflichen Fortkommen im Polizeidienst schaden würde.

»Na, jedenfalls, wo war ich …«

»Fridolin, ich glaube, das dürfte dem Chefinspektor herzlich egal sein«, bemühte sich Hilde um Schadensbegrenzung.

»Na, fragen wir doch ihn!«

Wie unangenehm laut seine Stimme war! Doch drum herum saßen nur holländische Familien, die mit dem Pizzakäse beschäftigt waren, der sich in langen Streifen vom Belag bis zu den Mündern zog, was für viel Gejuchze sorgte.

Der Ex-Freund blickte den Inspektor abschätzig an. »Also gut. Geschäftsidee. Sushi und Burger. Schickes Fast Food. Unten in Radenthein. Beides ist im Trend, beides fehlt in Bad Kleinkirchheim.«

»Wenn es in Bad Kleinkirchheim fehlt, warum dann unten in Radenthein?«

Der Jungunternehmer verdrehte die Augen. »Die Ladenmieten sind günstiger, Konzessionen leichter zu bekommen. Außerdem will ich, dass das Restaurant nichts ist, was man im Vorbeigehen mitnimmt, weil man Hunger hat, sondern ein Erlebnis, das zelebriert wird. Ein *Event*. Kommt, heute essen wir Sushi und Burger. Heute gehen wir zu Uncle Sam's Sushi & Burger Stop!«

Einen Namen hatte er also auch schon. Kerschbaumer hielt die Idee für ausgesprochen dämlich. Er hatte gute Lust, sich in den nächsten zehn Jahren zu einem bedeutenden Restaurantkritiker hochzuarbeiten, um Fridolins Restaurant in Grund und Boden zu schreiben.

»Und was das mit Inspektorin Hofgärtner zu tun hat, wirst du mir sicher gleich verraten?« Der Wiener duzte erbarmungslos zurück.

»Schaut einmal, ihr beide mit eurem regelmäßigen Gehalt, ihr macht euch einfach keine Vorstellung, wie das bei uns Unternehmern tagaus, tagein so läuft. Bei mir gibt es gerade eine gewisse … Knappheit an liquiden Mitteln. Und es wäre eine dringend notwendige Anschubfinanzierung von zehn-, fünfzehntausend Euro zu leisten in den nächsten Tagen …«

Kerschbaumer verstand nur zu gut. Der Jungunternehmer brauchte dringend Geld und wollte Hilde um ihre Ersparnisse bringen. Er sah den Autoschlüssel, der über dem Handy auf dem Tisch lag. Der Schriftzug darauf war unverkennbar.

»911er?«, fragte Kerschbaumer.

»Targa 4S!«, gab Fridolin glücklich zurück.

»So ein schönes Auto ist doch schnell verkauft?«

Fridolin schüttelte den Kopf, als müsste er einem Sechsjährigen erklären, warum Meerwasser salzig ist,

Flusswasser aber süß. »Das Geheimnis heißt *asset allocation*, oder? Der Targa 4S wächst jedes Jahr im Wert. Ihn zu verkaufen … Das wäre ja, als würde man Aktien abstoßen, von denen man genau weiß, dass sie steigen!«

Diese ganze Idee ist mehr als wacklig, dachte Kerschbaumer. »Diese ganze Idee ist mehr als wacklig«, sagte Kerschbaumer.

Der Ex-Freund fühlte sich jetzt so gekränkt, dass er aufsprang, und Hilde schlug beschämt die Hände vors Gesicht.

»Ich zahle in einem Monat an Steuern, was du in einem Jahr verdienst«, rief er erregt und fuchtelte mit dem Zeigefinger vor Kerschbaumers Gesicht herum.

Der Ermittler blieb entspannt, blieb, wie er es gelernt und so oft in Konfliktsituationen angewandt hatte, frontal vor dem Aggressor stehen. Ein Schritt zurück wäre die typische Verteidigungshaltung gewesen, die, wie man längst wusste, Aggressoren nur bestärkt. Doch wer offen und freundlich stehen blieb, sorgte schnell für eine Deeskalation. Jedenfalls bei achtundneunzig Prozent aller Aggressoren. Kerschbaumer musste hoffen, dass Fridolin Viehböck nicht zu den zwei Prozent Vollpsychopathen gehörte, die im Zweifel ohne Vorwarnung hart zuschlugen.

»Setz dich«, zischte Hilde mit vor Ärger verzerrter Miene ihren Ex-Freund an.

»Du überschätzt vielleicht unser Gehalt«, lächelte der Ermittler.

Fridolin dachte nach, ob das eine Beleidigung war, und schloss richtig, dass dem nicht so war. Er lächelte und ließ etwas Luft ab. Schließlich setzte er sich. Hildes Gesicht sah aus, als hätte sie in eine Zitrone gebissen.

»Du musst entschuldigen, Freund aus Wien. Die Leidenschaft für unsere Projekte, das ist es doch, was uns Unternehmer antreibt, nicht wahr? Das ist der Geist, auf dem unsere Gesellschaft beruht. Wir denken gewissermaßen für euch alle mit, riskieren Kopf und Kragen dafür, dass es den anderen gut geht.«

»Du redest wirr«, sagte Hilde, inzwischen mit reichlich Resignation in der Stimme.

»Ich denke, ich lasse euch jetzt allein. Wir sehen uns morgen früh«, nickte Kerschbaumer Hilde zu.

Hilde nickte und lächelte kraftlos. Und Fridolin war schon wieder ganz mit sich selbst beschäftigt. Diesen Kerl hatte diese feine Kollegin wirklich nicht verdient.

***

Da stand er, der Porsche Targa 4S. Die Farbe war unter den nächtlichen Laternen nur schwer zu erkennen, das Weiß verwandelte sich bei genauem Hinsehen in einen Creme-Ton, der an Kaffeesahne erinnerte. Kerschbaumer sah den Auspuff und überlegte, ob eine Banane, die man ins Rohr schob, wirklich den Motor lahmlegen würde. Wäre eine Kartoffel nicht besser? Oder was wäre mit Bauschaum aus der Druckpistole, der den Auspuff schön ausschäumen würde?

Dann besann sich Kerschbaumer und versuchte, sich auf andere Gedanken zu bringen, denn was konnte das schöne Auto für seinen kretinösen Besitzer?

Also setzte er sich in seinen eigenen Kombi, der einem Frührentner mit Halbglatze ähnelte, und schlitterte auf müden Winterreifen ins Tal, seiner Minibar, der 0,375-Liter-Flasche Wein und den Erdnüssen entgegen.

TAG 9 DER ERMITTLUNGEN

Mittwoch, 13. Dezember

WETTER 

Kühler Nebel über allen Pisten, nur ganz oben, in St. Oswald, etwas Sonne.

PISTENBERICHT 

Eine Gruppe holländischer Snowboarder geriet in Streit mit einer Gruppe Skifahrer aus dem Niedersächsischen. Erst ging es um die vermeintliche Zerstörung der Pisten durch herabrutschende Snowboarder, dann um den Fußball, schließlich um die Frage, ob Heineken ein ernst zu nehmendes Bier sei. Zwei Skifahrer trugen seitdem ein Pflaster im Gesicht, ein Snowboarder lispelte ein wenig.

42. Wasser-Reich

Die Polizeitaucher der Spezialeinheit Cobra am Feldsee zogen sich um. Es waren schweigsame, zähe Burschen: Drei waren gerade gestern erst im nahen Afritzer See auf der Suche nach einem vermissten Buben gewesen, der glücklicherweise nur ausgebüxt war und in der Garage eines Freundes gefunden wurde, wo er sein Abenteuer aufgrund mangelnder Heizmöglichkeiten für beendet erklärt hatte – der vorher aber ein Ruderboot losgemacht hatte, das auf den See getrieben war, was allen große Sorgen bereitet hatte. Deswegen standen sie umgehend zum Einsatz bereit, obwohl sie sich wahrscheinlich auf einen Glühwein im Kreis ihrer Liebsten gefreut hatten. Nun sollte es noch einmal in das fast schwarze Wasser gehen. Und das in einem zähen, wabernden Nebel, der die gesamte Landschaft einhüllte.

Die drei wirkten mit ihrer ledrigen Haut alterslos und konnten ebenso fünfundzwanzig wie fünfundvierzig sein. Ihre Oberkörper sahen aus wie eine anatomische Zeichnung, wie Kerschbaumer neidvoll anerkennen musste. Heute musste er unbedingt noch einmal zu Werner, ermahnte er sich selbst.

Kerschbaumer, Hofgärtner und Feiersinger standen mit Anzè auf dem Steg des Strandbades Gabi, und der Boss der Taucher, bereits in voller Montur, watschelte auf sie zu.

»Hier haben Sie es reingeworfen?«, wandte er sich an Anzè.

Der nickte.

»Einfach fallen gelassen oder im hohen Bogen?«

»Hoher Bogen.«

»Wie weit?«

»Na, so weit es ging. Vielleicht zwanzig Meter.«

Der Taucher holte ein Handy raus und drückte es Anzè in die Hand. »Werfen Sie das hier, wie Sie das andere geworfen haben.«

Der Patissier zögerte.

»Keine Sorge«, sagte der Froschmann, »es ist ein altes Gerät ohne Karte.«

Es war eine Überraschung für sie alle, als der unförmige Slowene das Handy weit in den See hinauswarf, sicher an die fünfzig Meter.

Der Froschmann grunzte und drehte sich zu seinen Kameraden um: »Pumpt das Boot auf.«

Als sie zum Auto zurückkehrten, holte Kerschbaumer sein Handy hervor. Auf dem Display las er von elf verpassten Anrufen – alle vom Kärntner Polizeipräsidenten Lutz-Heiko Heil. Ein Rückruf war nicht nötig, denn Heil hatte dann noch eine Textnachricht geschickt, die lautete: »Kaufen Sie sich die *Österreich Heute Aktuell*!!!«

Sie hielten an der kleinen Tankstelle in Feld am See. Die Schlagzeile auf dem Titel konnten sie schon aus zwanzig Metern Entfernung lesen.

Der Skistar und die tote Slowenin –
BKK-Mord immer geheimnisvoller!

Und darunter war ein Foto von Swetlana Kastelic mit Hans-Hermann Hintermaier: das Mordopfer und der umstrittene Hotelinvestor. Es war kein verdächtiges Foto, sie standen vor einem Auto und diskutierten. Die Sonne schien, die Bekleidung war sommerlich, das Foto offenbar schon ein paar Monate alt – nichts Kompromittierendes, kein Kuss, kein Sex. Aber doch verstörend.

»Wer hat die Nummer von Kluibnschädl?«, fragte Kerschbaumer.

43. Franz Ferdinand ziert sich

»Wir sind nicht verpflichtet, unsere Quellen preiszugeben«, lächelte Franz Ferdinand Kluibnschädl, als er keine Stunde später in dem unbequemen Besucherstuhl auf der Polizeiwache saß. Er hatte sich für den Kriminalfall in Bad Kleinkirchheim einquartiert – er residierte im Felsenhof. Selbst unter seinem rachitischen Gewicht wimmerte die Plastikschale besorgniserregend.

»Sie könnten uns helfen, einen Mordfall aufzuklären«, versuchte es Kerschbaumer auf die verbindliche Art.

»Daran habe ich kein Interesse.« Der Pickel in Kluibnschädls Mundwinkel war inzwischen so groß wie ein frisch gekalbter Gletscher, der durch die Abendnachrichten trieb. Ummantelt wurde der Journalist von einem schiefen Jackett und darüber einer Daunenjacke mit Kunstpelzkragen.

»Das spricht nicht gerade für Ihre moralischen Standards.«

»Damit meine ich nicht, dass ich nicht will, dass der Mörder geschnappt wird. Ich meine damit, dass die Wahrung der Pressefreiheit, auf lange Sicht betrachtet, ein höheres Gut ist als ihre kurzzeitige Opferung, um einen einzigen Kriminalfall aufzuklären.« Der Besucherstuhl knarzte, um seine Missstimmung auszudrücken.

Mit diesem Satzbau, dachte Kerschbaumer, wird das nie was mit der *Österreich Heute Aktuell.* »Bei dem

Kriminalfall, wie Sie es nennen, handelt es sich um einen Mord an einer Zwanzigjährigen, die erstochen und stranguliert wurde.«

»Das ist mir bewusst«, nickte Kluibnschädl.

»Können Sie mir wenigstens Einzelheiten mitteilen, wie Sie an die Fotos gekommen sind?«

»Das ist schnell erklärt. Es war ein DIN-A4-Brief ohne Absender, abgestempelt in Klagenfurt.«

»Er enthielt nichts außer diesen Fotos?«

»Nein.«

»Warum haben ausgerechnet Sie die Fotos bekommen und nicht andere Zeitungen?«

»Das weiß ich auch nicht genau. Aber vielleicht, weil wir über den Fall am ausführlichsten berichtet haben.« Kluibnschädl trank einen Schluck des ihm angebotenen Bürokaffees. »Halten Sie Hintermaier denn nun für verdächtig?«, lauerte er.

»Sollte ich das denn, Ihrer Meinung nach?«, gab Kerschbaumer zurück.

»Nun, an Ihrer Stelle würde ich ihn durchaus einmal befragen.«

»Schön, dass Sie sich so viele Gedanken über unsere Arbeit machen.«

44. Der Hinterminator

Kluibnschädl war ein Mann, der einen schlechten Nachgeschmack im Mund hinterließ, wie nach nicht mehr ganz frischen Scampi. Trotz seiner alles in allem schäbigen Erscheinung verströmte er eine unangenehme Aura von Überlegenheit. Die Menschheit, so schien es, hatte seine Brillanz nicht verdient.

»Was für ein eigenartiger Kerl«, knurrte Kerschbaumer und wandte sich an Hilde. »Schau doch bitte mal, was du über ihn finden kannst.«

Die Inspektorin blickte vom Computer auf. »Schon getan. Er ist kein einfacher Reporter.«

»Sondern?«

»Sondern einer von drei Gründungsmitgliedern der *Österreich Heute Aktuell* und mit einer Viertelmillion Euro verschuldet.«

»Warum verschuldet?«

»Weil er sich das Geld für seine Zeitung komplett von der Bank geliehen hat«, erklärte Hilde. »Und damit nicht genug. Die *Österreich Heute Aktuell* hat zwar schon zwei Journalistenpreise gewonnen, aber die Verkäufe stocken.«

»Im dritten Quartal gab es einen Rückgang um vierzehn Prozent«, ergänzte Feiersinger, der nun ebenfalls auf den Bildschirm starrte und aus dem Studium der Zahlenkolonnen der Auflagenmeldung eine tiefe Befriedigung schöpfte, wie andere aus dem Bedienen von

Modelleisenbahnen, dem Sammeln von Kunst oder dem Entkorken von altem Wein.

»Er braucht also eine gute Story«, sagte Kerschbaumer.

»Er braucht jede Menge guter Storys.«

***

»Ich denke, Sie sollten sich nicht in diesen Sessel setzen.«

Kerschbaumer erhob sich und stand für einen Augenblick Hans-Hermann Hintermaier gegenüber. Dem Biest. Dem *Hinterminator*. Demjenigen, der sich bei den Olympischen Winterspielen 2002 in Salt Lake City in der Abfahrt vier Mal überschlug und sich ein Kreuzband anriss, um zwei Tage später praktisch auf einem Bein den Riesenslalomwettbewerb zu gewinnen – und gleich danach eine Schlagerkarriere zu starten, die selbst nach deutschsprachigen Maßstäben einmalig war, denn zu seinen Bergkonzerten pilgerten Hunderttausende. Nun aber hatte er sich zum dritten Mal neu erfunden: als Geschäftsmann mit eigener Bekleidungslinie »Hinterminator All Season Wear«, einer Sonnenbrillen-Kollektion, Weingütern in der Steiermark, dem Import von Wagyu-Steaks, einer Risikokapitalgesellschaft und einem neuen, »zeitgemäßen« Hotelkonzept. Das Hotel in Bad Kleinkirchheim würde das fünfte seiner Kette werden.

Seine Oberschenkel waren so wuchtig, dass die Jeans an den Innenseiten Scheuermale zeigten. Kerschbaumer schob dem Brocken seinen eigenen Stuhl hin, lehnte sich an den Schreibtisch und nahm sich vor, heute Abend bei Werner endlich mit Kniebeugen im Power Rack anzufangen.

»Also, diese Fotos ...«, begann der Chefinspektor.

»Ja, also, diese Fotos, genau. Deswegen bin ich hier.« Hans-Hermann Hintermaiers Stimme war ein ganz tiefer Bass, was bei seiner Sangeskarriere von Vorteil war, denn in diesen tiefen Lagen nahm man das Falschsingen nicht mehr so ganz genau wahr.

»Wissen Sie, wer sie gemacht hat?«

»Nein, das weiß ich überhaupt nicht. Diese ganze Sache war überhaupt sehr merkwürdig.«

»Welche Sache?«

»Na, mit dieser Swetlana«, sonorte er weiter, »also, die lauerte mir richtig auf. Über Wochen. *Stalking*, sagt man wohl.«

»Was Ihnen vermutlich öfter passiert.«

»Ja, schon, aber Swetlana wusste immer ganz genau, wo ich war. Sie war sehr gut informiert. Wollte die ersten paar Mal nur ein Selfie mit mir. Dann brachte sie mir Blumen. Dann einen Kuchen. Sie gab mir ihre Nummer. Wollte sich unbedingt mit mir treffen.«

»Wann geschah das alles?«

»Im Sommer. Juli und August. Eben gerade, als ich oft in BKK war, wegen dieser ganzen Bürokratie und den Baugenehmigungen.«

»Und haben Sie sich mit ihr getroffen?«

Der Hinterminator druckste herum. »Nein, also, ich gebe zu, ich war, na ja, in Versuchung geführt, sagt man wohl. Sie war eine ausnehmend hübsche junge Frau, gar keine Frage …«

»Aber?«

»Sie roch nach Problemen. Nach Ärger. Und davon hatte ich ja genug.«

Feiersinger, der schräg hinter dem Hinterminator saß, zeigte dem Wiener Ermittler drei Finger – ob er damit drei Ehefrauen oder drei Scheidungen signalisieren wollte, würde er später noch präzisieren müssen; in jedem Fall ging es in Hans-Hermanns Privatleben offenbar genauso turbulent zu wie im Geschäftlichen.

»Sagen Sie, was Ihr geplantes Hotel angeht: Hat es da Drohungen gegeben? Gegen Sie oder Ihre Mitarbeiter?«

Der Hinterminator schüttelte den Kopf.

»Und was Swetlana angeht: Sagen Sie da auch die Wahrheit?«, hakte Kerschbaumer nach.

Der Hinterminator nickte wie ein Schuljunge auf die Frage des Lehrers, ob wirklich der Hund die Hausaufgaben zerfetzt habe: genauso beflissen und genauso wenig überzeugend.

***

Bei einer üppig belegten Mittagssemmel aus der Bäckerei Weissensteiner im Erdgeschoss meldeten sich die Taucher bei Kerschbaumer.

»Was haben Sie gefunden?«, schmatzte der Ermittler in die Leitung.

»Zwei alte Fahrräder, einen Satz ausgedienter Sommerreifen und einen seit drei Wochen vermissten Golden Retriever – und ich will Ihnen keine Details über seinen Zustand verraten. Ich kann Ihnen aber gern die Fotos schicken.«

»Nein, danke.« Kerschbaumer erlebte das, was in Taucherkreisen als *Tiefenhumor* bekannt war. In den Internetforen der Szene teilte man gern Fotos von Unterwasserfunden. Insbesondere von solchen, die dort nicht hingehörten. Die Semmel schmeckte nicht mehr so recht.

»Besteht denn noch Hoffnung, dass Sie das Handy finden?«

»Der Suchradius dehnt sich immer mehr aus«, erklärte der Cobra-Spezialist, »das macht die Fläche größer und damit einen Fund immer unwahrscheinlicher. Zudem ist das Tauchen in fünfundzwanzig Metern Tiefe bei null Sicht und dieser Kälte schlicht lebensgefährlich. Ich habe die Suche für abgebrochen erklärt. Ich kann für ein Handy nicht das Leben meiner Leute riskieren.«

Kerschbaumer fluchte leise, aber verstand. Wieder führte eine Spur ins Nichts.

45. Feiersinger hat Probleme und erklärt seine Cent-Theorie

Den ganzen Tag hatte sich Kerschbaumer schon auf seinen Kaffee gefreut. Einen kurzen Fußmarsch leicht bergauf ging es zur Greisslerei. Feiersinger begleitete ihn erneut, obwohl er weder Cappuccino noch Espresso so recht etwas abgewinnen konnte; er war ein Mann, dem Filterkaffee jedweder Art schmeckte – »Hauptsache heiß« war sein dazugehöriges Credo. Kerschbaumer hatte zudem den Verdacht, dass ihm der gute Cappuccino einfach zu teuer war.

In der Greisslerei erledigte die Siebträgermaschine ihren fauchenden Job, Feiersinger nippte lustlos am Espresso, und Kerschbaumer genoss den Cappuccino. Seine Ex-Frau hatte ihn immer gescholten, dass er am Nachmittag noch Cappuccino tränke, denn in Italien mache man so was nicht, und er mit seinem Südtiroler Blut müsse das doch wissen. Gut, dass wir in Österreich sind, hat er darauf immer erwidert.

Als eine Meute Skifahrer hereinkam und die enge Greisslerei für sich eroberte, quetschten sich Kerschbaumer und Feiersinger an gefährlich aufstampfenden Skistiefeln vorbei ins Freie, wo schon die kühle Abenddämmerung einzusetzen begann. Sie machten sich auf den Rückweg.

Nach ein paar Schritten bückte sich Feiersinger. »Ein Cent«, erklärte er und zeigte ihn dem Wiener Ermittler.

»Ein Cent, ja«, bestätigte dieser.

»Es kostet mich etwa eine Sekunde, einen Cent aufzuheben«, referierte der Zahlenfetischist. »Das Jahr hat 31.536.000 Sekunden. In meiner Verwendungsgruppe und Gehaltsstufe verdiene ich zweitausendeinhundert Euro im Monat, also mit vierzehn Gehältern und einigen Zulagen sind das um die dreißigtausend Euro im Jahr. Damit verdiene ich deutlich weniger als einen Cent pro Sekunde, und deswegen lohnt es sich für mich, ihn aufzuheben. Und für dich«, schmunzelte er vergnügt Kerschbaumer zu, »vermutlich auch.«

Der Angeschmunzelte runzelte die Stirn. Er betrachtete Feiersinger wie ein faszinierendes chemisches Experiment im Reagenzglas.

Doch der bizarre Exkurs brachte ihn auf eine Idee.

Zurück auf der Dienststelle, legte er sich die Papierschnipsel auf den Schreibtisch, die bei Swetlana gefunden wurden und möglicherweise etwas mit dem Mord zu tun hatten, möglicherweise aber auch nicht. Dann zückte er sein Portemonnaie.

Die Schnipsel waren exakt so groß wie ein Fünfzigeuroschein.

Das Telefon riss ihn aus seinen Gedanken. Polizeipräsident Lutz-Heiko Heil wollte sich über den Stand der Dinge aufklären lassen. Kerschbaumer war noch nie ein eloquenter Schwätzer gewesen, daher hatte er seinen Lagebericht schnell abgeliefert.

»Na, immerhin, hier in der Zentrale ist ordentlich Schwung reingekommen nach der Anfrage aus Ihrer Wache.«

»Äh, Anfrage?«

»Na ja, Sie scheinen in alle Richtungen zu ermitteln, das gefällt mir. Und der mediale Druck lässt auch etwas nach, die Ersten sind schon im Urlaub. Weihnachten halt. Bis auf diese lästige neue *ÖHA* natürlich, die haben ihren Fressnapf gefunden.«

Kerschbaumer dachte fieberhaft nach, auf welche Anfrage sich Heil beziehen könnte. Er verdeckte den Hörer mit der Hand. »Haben wir nach der Funkzellenanfrage noch mehr von Klagenfurt angefordert?«, flüsterte er. Hilde schüttelte den Kopf.

»... wäre es dennoch gut, vor den Festtagen Ergebnisse zu präsentieren«, hörte Kerschbaumer wieder dem Polizeipräsidenten zu. »Ein paar, nun ja, Schwergewichte aus dem Tourismus haben mich angerufen, ich will da keine Namen nennen, und auch der Landeshauptmann sagte gestern etwas Ähnliches. Ich muss Ihnen ja nicht erklären, welch ungeheurer Wirtschaftsfaktor der Tourismus darstellt. Ein ungeklärter Mord ...«

Und so ging es im schönsten Funktionärsösterreichisch eine Weile weiter, bis Hilde den Chefinspektor mit einem lauten Zwischenruf erlöste und dieser das Gespräch elegant beenden konnte.

Direkt im Anschluss wählte er, sosehr es ihn widerstrebte, die Nummer von Kriechnitz.

»Es ist wegen unserer Anfrage«, begann Kerschbaumer.

»Ah, ja«, hustete Kriechnitz, »ich hatte mich auch schon gewundert, aber ist alles vorgestern schon per E-Mail an Feiersinger rausgegangen.«

»Feiersinger?«

»Ja, der hatte die Anfrage nach den Führungszeugnissen ja auch gestellt. Seit zwei Jahren dürfen nur noch die Landeskriminalämter den angegliederten Behörden Auskunft geben. Hat denn alles seine Ordnung?«

»Natürlich, natürlich.«

»Die Anfrage war recht umfangreich, wir hatten uns etwas gewundert …«, röchelte Kriechnitz. Er hatte sich wohl beim Außeneinsatz erkältet, das arme Hascherl.

»Ermittlungstechnische Gründe«, sonderte Kerschbaumer diese stets hilfreiche Sprechblase ab und schaffte es, das Gespräch zu beenden. Doch nun hatte er Redebedarf. Er bat Feiersinger zu einem Vieraugengespräch in den Konferenzraum. Und er sah sehr, sehr finster drein.

***

Feiersinger hatte sich ein Dutzend polizeiliche Führungszeugnisse kommen lassen, die offiziell Strafregisterbescheinigungen hießen, aber das machte es nicht besser. Er war auf seinem Stuhl so zusammengesunken, dass er praktisch eine Einheit mit ihm bildete. Jeder einzelne Name hatte nicht das Geringste mit dem Fall zu tun. Es sei denn, Feiersinger war ein Genie, der auf einer geheimnisvollen Spur ermittelte und sich als der wahre Held dieses Falls entpuppen würde.

»Feiersinger, verdammt noch mal! Du bringst mich in eine unmögliche Lage. Und dich erst recht! Und wer sind überhaupt diese Menschen?«

Feiersinger wurde, wenn das irgendwie möglich war, noch kleiner und unscheinbarer.

Kerschbaumer sah auf seine Notizen. »Zwei Inhaber eines Villacher Architekturbüros. Die Leiterin der Umweltanwaltschaft Kärnten und deren Stellvertreter.

Mitglieder der Landesamtsdirektion Kärnten. Bauamts- und Raumplanungs-Bereichsleiter. Facility Manager aus Spittal. Baupolizei. Et cetera, et cetera. Was haben die denn alle mit unserem Fall zu tun?«

»Es war für die Marianne«, gab er kleinlaut zu.

»Die Marianne?« Jetzt verstand Kerschbaumer. Jedenfalls ein wenig. »Die Pulracher?«

»Ja.«

»Was zum Teufel ...«

»Die ganzen Genehmigungen. Sie plant im Hotel einen Ausbau oder was Neues oder etwas in der Art, und sie wollte wissen, mit wem sie es zu tun hat ...«

Kerschbaumer raufte sich die Haare, so wie man es sich vorstellte, dass sich jemand die Haare raufte. »Menschenskind, Feiersinger!«

»Ja, weißt du, Wendelin, wir sind, nun ja, zusammen.«

Kerschbaumers Hände hielten in seinem Haarschopf inne.

»Ihr seid was?«

»Zusammen. Also, nicht offiziell. Eher so inoffiziell.«

»Wie, inoffiziell?«

»Na, es darf keiner wissen. Nicht mal die Hilde.«

»Herr im Himmel«, stöhnte Kerschbaumer.

»Gibt das eine Dienstaufsichtsbeschwerde?« Feiersinger war ein einziges Gemälde der Zerknirschung.

»Damit wärst du noch gut bedient.« Wieder fuhr sich Kerschbaumer durchs Haar, als wäre irgendwo dort eine Lösung für dieses Dilemma verborgen. Dann erinnerte er sich an den Rat von Lutz-Heiko Heil wegen der Funkzellenabfrage. Und der war ja mit allen Brackwassern gewaschen. »Wenn wir den Mord aufgeklärt haben, sehen wir weiter. Und bis dahin lässt du dir besser eine schöne Geschichte zu jeder einzelnen Anfrage einfallen.«

46. Werner und die Reflexion

Zehn Minuten auf dem Laufband für die Katharsis. Geschwindigkeit sieben km/h, Steigung zwei Prozent. Etwas schneller atmen, um gleichzeitig den Kopf freizubekommen. An die Atmung denken, um an nichts anderes mehr zu denken. Kerschbaumer suchte die Meditation in der Bewegung, von der ihm seine laufenden und sportelnden Freunde immer wieder berichtet hatten, jenen Endorphinen, die auf alle Fälle irgendwann strömten, sobald man einfach nur *dabei* bliebe. Doch Kerschbaumer spürte nichts. Vorerst war es weiterhin nur eins: eine Qual.

Immerhin: An den Hanteln machte er sich schon besser. Er absolvierte Bankdrücken und Military Presses mit der Freihantel, Schrägbankdrücken mit Kurzhanteln, Lat-Züge und Rudern an den Seilzügen und dann noch ein paar Sätze in der Beinpresse. Letzteres sah Werner gar nicht gern und wies Kerschbaumer immer wieder auf klassische Kniebeugen hin. Die Gewichte jedenfalls wurden schwerer, auch wenn die Muskeln noch nicht so recht wachsen wollten.

»Kommt noch«, sagte Werner. »Immer weitermachen. Immer weiter. Und weiter.«

Werner schaute nicht mehr ganz so verstört wie bei Kerschbaumers letztem Besuch und war in seine Rolle als sympathischer Schleifer zurückgefallen; er schien davon überzeugt, noch einmal davongekommen zu sein, und tatsächlich dachte auch Kerschbaumer an alles

Mögliche, aber nicht an irgendwelche illegalen Schlankheitspillen. Beziehungsweise, als er einmal ganz kurz doch an die Pillen dachte, kam ihm der unkeusche Gedanke, dass die ihm ja vielleicht auch nützlich sein könnten.

Dann betraten drei Männer den Raum. Junge Männer. Kerschbaumer atmete verblüfft ein: Es handelte sich um Swetlanas Bruder Mirko und seine beiden Begleiter Tschip und Tschop. Alle drei trugen Adidas-Trainingsanzüge, von denen schwer zu sagen war, ob sie nun Vintage oder Retro waren, also tatsächlich aus den Siebzigern stammten oder erst kürzlich für viel Geld nachgefertigt. Sie nickten dem Ermittler ohne Veränderung ihrer Gesichtszüge zu und machten sich über die Hanteln her, ohne über solch Albernheiten wie vernünftiges Aufwärmen nachzudenken. Sie behielten Kerschbaumer ziemlich unverhohlen im Auge. Der fühlte sich genötigt, noch ein paar mehr Scheiben aufzulegen, als gut für ihn war. Aber ein paar Wiederholungen gelangen ihm immerhin.

Bis er von einem Gleichaltrigen neben sich abgelenkt wurde, der alles hatte, was Kerschbaumer wollte: dicke Muskeln, wenig Bauch, Körperfett unter fünf Prozent. Aber an dem Gesicht war irgendetwas merkwürdig. Es sah aus wie die geliftete Visage eines Siebzigjährigen. Er beschloss, nach dem Training Werner zu fragen.

Die drei Slowenen pumpten weiter fleißig vor sich hin. Dabei hatten sie etwas Komisches, beinahe Niedliches an sich, weil alles, was sie taten, wohl bedrohlich aussehen sollte, dabei war doch nichts so albern und so leicht durchschaubar wie falsche Selbstsicherheit.

Kerschbaumer ließ es darauf ankommen: Er tat so, als sei sein Training beendet, und ging in die Umkleidekabine, die sich in ihrer trostlosen Schäbigkeit von keiner Umkleidekabine aller anderen Fitnessstudios dieser Welt unterschied: gummierter Fußbodenbelag, wacklige Holzbänke, schwer angestoßene Aluminiumspinde. Meistens fehlten die Schlüssel.

Und tatsächlich: Mirko, Tschip und Tschop ließen die Hanteln fallen und folgten ihm. Kerschbaumer verbarg sich jedoch hinter der nach innen aufgehenden Tür, und sobald die drei in der Umkleidekabine standen, marschierte er sogleich wieder hinaus und ließ sie dumm aus der Wäsche schauen. Kerschbaumer nahm vergnügt sein Training wieder auf, die düpierten Schatten erklärten den Tag dagegen für beendet und verließen nach einer Weile das Fitnessstudio. Warteten sie vielleicht draußen auf ihn?

Nach dem Training hatte Kerschbaumer zwei Fragen. Die erste lautete: »Hast du die drei von vorhin hier schon mal gesehen?«

Werner schüttelte den Kopf. »Erstes Mal.«

Die zweite Frage leitete Kerschbaumer mit einem Nicken des Kinns in die Richtung des schwer in Form scheinenden Vierzigjährigen ein, der sich gerade an der Beinpresse mächtig einen abkrampfte. »Ist der geliftet? Hat der sich Botox gespritzt?«

Werner grinste. »Gym Face.«

»Was bitte?«

»Zu viel Training kann nach hinten losgehen: Wer in dem Alter wie der da viel Sport betreibt, läuft Gefahr, auch dort Fett zu verlieren, wo man es vielleicht am wenigsten möchte: im Gesicht.«

»Verstehe. Der Körper sieht jung und straff aus, weil das Fett verschwindet ...«

»… aber auch das Gesichtsfett schmilzt dahin. Und das macht hohle Wangen und scharfe Falten. Und es ist nicht nur der Fettverlust: Auch das Laufen schadet der straffen Haut. Die ständigen Erschütterungen, verstehst du?«

»Ach was? Das ist ja nicht schön. Und mein Spazierengehen?«

»Mach dir da mal keine Sorgen, Herr Chefinspektor.«

Der Blick des Angesprochenen fiel auf ein Exemplar der *Österreich Heute Aktuell*, das am Tresen auslag.

»Der macht ganz schön Wind, oder?«, sagte Werner, der dem Blick des Ermittlers gefolgt war.

»Kann man wohl sagen.«

»Na ja, kein Wunder. Die waren ja zusammen.«

»Wer war mit wem zusammen?«

»Die Swetlana mit dem Reporter.«

Bloß gut, dass Kerschbaumers Unterkiefer fest am Oberkiefer montiert war, denn Ersterer fiel ihm jetzt tief hinab. »Du meinst, mit dem Kluibnschädl?«

»Genau der. Mit dem Franz Ferdinand.«

Wieso erfuhr er das erst jetzt? Und dann auch noch von Werner? »So richtig zusammen?«, fragte er ungläubig.

»Na ja, so richtig zusammen waren sie nicht. Sie hatte halt viele Freundschaften mit den Kerlen.«

»Herrje, was denn nun?«

Werner hob die Schultern. »Na, so genau weiß ich's auch nicht. Ich habe ihr ja nur, äh …«

»Illegale Pillen verkauft …«, winkte Kerschbaumer ab. »Schon gut. Wann hast du sie zum letzten Mal zusammen gesehen und wo?«

»Als ich ihr, ähem, die Pillen … also, da hat er draußen auf dem Parkplatz gewartet.«

»Wann genau?«

***

Auf dem Parkplatz war die Luft rein gewesen, kein Mirko hatte auf ihn gewartet. Kerschbaumer war zurück nach Bad Kleinkirchheim gefahren und hatte eine Runde Aperitivo einberufen.

»Vier Tage vor ihrem Tod war sie mit diesem komischen Kluibnschädl zusammen«, referierte der Chefinspektor und hob sein Weißbier. Hilde und Feiersinger stießen mit ihm an. »Und nicht nur das: Der gute Werner hat uns belogen. Er hat Swetlana noch wenige Tage vor ihrem Tod die Pillen verkauft. Aber viel wichtiger ist die Sache mit dem Journalisten.«

»Glaubst du denn, dass das was heißt?« Hilde wischte sich mit der Zungenspitze den Weißbierschaum von der Oberlippe.

»Schwer zu sagen. Aber es ist schon merkwürdig, dass es uns niemand in Bad Kleinkirchheim erzählt hat.«

»Vielleicht wollte der Journalist es geheim halten«, vermutete Hilde.

»Wer will schon in aller Öffentlichkeit mit einer Prostituierten gesehen werden?«, fragte Feiersinger.

»Und wer weiß, in welcher Beziehung sie überhaupt zueinander standen?«, grübelte Kerschbaumer. »Es ist ja nicht strafbar, mit einem Mordopfer bekannt oder befreundet zu sein.«

»Und du hast den Kluibnschädl nicht erreicht?«, fragte Hilde.

»Drei Mal versucht, zwei Nachrichten hinterlassen.«

»Was ist mit einer offiziellen Vorladung?«

»Nicht durchzubekommen. Die Presse ist heilig.«

Die drei gingen alles noch einmal ganz genau durch. Den Mord. Den Fund der Leiche. Ihr Umfeld. Ihre Freunde. Ihren Arbeitsplatz. Ihre Kunden. Die familiäre Situation und die Erbschaft. Doch am Ende starrten sie ratlos auf den Bierschaum in den ausgetrunkenen Gläsern. Und Kerschbaumer, du liebe Zeit, der hatte ja noch ein Date. Das er angesichts der Umstände aber lieber für sich behielt.

47. Ein sehr, sehr blutiges Steak

Wendelin Kerschbaumer nahm einen tiefen Schluck von seinem argentinischen Malbec. Denn manchmal half ein Schluck Wein auch beim Ausnüchtern.

Er musste wachsam sein. Ihm gegenüber saß eine wunderschöne Gestalt mit Teufelshörnern. Oder tat er ihr vielleicht unrecht?

Auch Marianne Pulracher nahm einen Schluck. Während sie trank, blickte sie Kerschbaumer in die Augen, was eine erstaunliche Wirkung hatte. Dem Ermittler wurde heiß und kalt und wieder heiß. Dieses erotische Essen und Trinken, das ihn nicht nur an das letzte Treffen mit der schönen Hotelchefin erinnerte, sondern das er zuvor auch schon bei Hilde Hofgärtner bestaunt hatte – das konnten wirklich nur Frauen.

Marianne Pulracher hatte um das Treffen gebeten. Ohne dass sie einen Grund angegeben hatte. Und so saßen die beiden im Restaurant Adrian, das ziemlich genau gegenüber der Polizeiwache lag und vor allem für seine Tatare und Steaks berühmt war, die in allen Variationen daherkamen, als Flank, T-Bone, Tomahawk, Rib Eye Double oder Porterhouse, und alles war natürlich Dry Aged. An den Wänden hingen allerlei Bilder unterschiedlicher Stilrichtungen, von Bleistift über Tusche bis Öl, die stets Stiere in dynamischen Posen zeigten. Auf Achtzigerjahre-Steakhaus-Kitsch wie Sombreros, schlechte Musik, Bedienungen mit Schnauzbärten und Stierkampfplakate hatte man dankenswerterweise verzichtet. Das Angebot für Vegetarier war überschaubar.

Kerschbaumer würde Feiersinger nichts von dem Abendessen sagen, sofern es keine ermittlungstechnische Relevanz erlangte. Er wollte ihm nicht das Herz brechen, denn die Sache mit der heimlichen Liebschaft nahm er dem Revierinspektor nicht ab.

Vermutlich würde er es dennoch irgendwie herausbekommen, man war ja auf dem Dorf, aber wie Kerschbaumers Mutter immer gesagt hatte: *Einen* Tod muss man sterben.

Was also wollte die Hotelchefin von ihm? Er beschloss, nicht zu fragen und sein Gegenüber reden zu lassen. Doch das war gar nicht so einfach. Denn nach dem Salat, den sich beide zu Beginn bestellt hatten und den die Pulracher mit großer Geschicktheit aß, während Kerschbaumer die großformatigen Blätter aus den Mundwinkeln hingen wie bei einem ausgehungerten Bugs Bunny, hatte sich die Tischdame in einen Monolog gestürzt, dem nur schwer zu folgen war.

»Ich habe es nicht leicht«, schluchzte sie und sprach ausführlich von ihrem Witwendasein, das sie mit dreiunddreißig Jahren ereilt hatte und das Kerschbaumer tatsächlich rührte. Denn niemand verdiente es, seine große Liebe mit Anfang dreißig zu verlieren. Und dann noch in einem so bizarren Unfall. Auch dass nach dem Unfall das gesamte Hotelerbe, das von der Seite des Ehemanns kam, an die Witwe gefallen war, hatte es nicht leichter gemacht. Egal, wie gut sie sich anstellte – sie hatte halt alles nur unverdient als Kirschtorte mit Schlagobers serviert bekommen.

Dann ging es weiter mit den bitteren Klagen über all das, für das Kerschbaumer deutlich weniger Verständnis hatte. Die stete Erwähnung des Pulracher in der Berichterstattung – könne man das nicht irgendwie verhindern? Schwierig, antwortete Kerschbaumer. Könne man nicht Swetlana als *freiberufliche Raumkosmetikerin …?* Noch schwieriger, antwortete Kerschbaumer. Könne man diese ganze *Sache* nicht komplett von dem Hotelleriegewerbe fernhalten, um dem Tourismus, der es ohnehin schwer hatte, nicht weiter zu schaden? Unmöglich, antwortete Kerschbaumer.

Dann trank sie ihren Malbec, wie immer mit ihrer Augen-offen-Taktik. Kerschbaumer konnte nicht anders, als sie zu bewundern und es ihr nachzutun. Also, das mit dem tiefen Schluck. Nicht das mit dem Blick.

»Könnte ich Sie als Berater einstellen?«

Kerschbaumer verschluckte sich um ein Haar am Rotwein, schaffte es gerade noch, den Malbec mit eingezogenen Wangen und zusammengekniffenen Augen bei sich zu behalten.

»Was meinen Sie damit?«, fragte Kerschbaumer überrascht.

Doch da kam der Hauptgang an den Tisch. Und das war ein Anblick, den sich auch die Gäste an den Nebentischen nicht entgehen ließen.

Kerschbaumer hatte sein Filet-Steak »medium rare« bestellt, die schöne Hotelchefin hatte ihr T-Bone-Steak mit »bleu« gekontert, eine so seltene Order, dass die hübsche Bedienung mit den Schlangentattoos auf dem Unterarm zwei Mal nachgefragt hatte. Als das Steak kam, war dem Wiener Ermittler klar, warum man sich lieber versichert hatte. Noch blutiger, und es wären noch die Haare dran gewesen. Die Pulracher ließ es sich schmecken.

Kerschbaumer sah ihr fasziniert zu. Er hatte einmal gelesen, dass das Rote, das aus einem gebratenen Steak heraustropfte, kein Blut war, sondern irgendetwas anderes, Muskelsaft oder so, aber das, was nun in den Mundwinkeln der schönen Hotelchefin schillerte, war dem Blut eines Säugetiers doch sehr, sehr ähnlich.

»Ich habe mich über Sie erkundigt. Sie haben in der Verhandlungsgruppe Wien gearbeitet. Sie sind psychologisch fit und wissen, wie man verhandelt. Genau so etwas bräuchte ich.«

Kerschbaumer war schon fast dabei, lachend abzulehnen, doch andererseits war er viel zu neugierig auf das, was nun kommen würde. Tatsächlich hatte er vier Jahre in der Verhandlungsgruppe Wien gedient, einer damals recht neu aufgestellten Einheit aus besonders geschulten Beamten, die bei Geiselnahmen, Entführungen oder auch im Gespräch mit suizidgefährdeten Personen zum Einsatz kommen sollten. Man war auf Kerschbaumer aufmerksam geworden, nachdem er in seinem Präsenzpraktikum als Polizeischüler mit einem Falschparker aneinandergeraten war, der, als Kerschbaumer ihm eine sogenannte Organstrafverfügung (vulgo: Strafzettel) ausstellte, ein Messer zückte. Kerschbaumer konnte ihm diesen Unsinn jedoch ausreden, indem er darlegte, dass dreißig Euro doch nun keine zwei Jahre Gefängnis unter erschwerten Bedingungen wert wären, was der Messerzücker nach ein paar Flüchen schließlich reuig einsah und ihn sogar dazu bewog, noch vor Ort und in bar zu bezahlen.

Kerschbaumer durfte in der Verhandlungsgruppe zwei Mal sein Können unter Beweis stellen, und seine Bilanz war ausgewogen: Einen Mann konnte er vom Dach herunterpalavern (sieben Stockwerke), der andere war gesprungen (vier Stockwerke), aber hatte überlebt. Jedenfalls so lala. Zwei Jahre später konnte er erstmals ohne Krücken gehen, aber eine Karriere als Fred Astaire war auch nicht mehr drin.

»Und wie genau wäre ich Ihnen bei was genau zunutze?«

»Wollen wir nicht zum Du übergehen?«, raunte die Pulracher eine Oktave tiefer. Ihr Blick, ihre Stimme, ihr Duft – all das war wie ein Frontalangriff auf all seine Vorhaben, Überzeugungen und Ziele, eigens dafür gedacht, ihn vom rechten Weg, wo immer der auch verlief, gründlich abzubringen.

Kerschbaumer hielt das für keine gute Idee. Eine Idee, die er möglicherweise noch einmal bereuen würde. Aber er nickte, denn er dachte hauptsächlich über etwas anderes nach. Eines kam ihm nämlich noch merkwürdiger vor als das plötzliche vertrauensvolle Du: Seine Vergangenheit bei der Verhandlungsgruppe Wien war zwar kein Geheimnis, aber man musste in der Internetrecherche schon recht geübt sein, um seinen Namen aufzuspüren. Die schöne Hotelchefin hatte sich in jedem Fall Mühe gegeben, und Kerschbaumer wusste, dass dieser Gedanke außerordentlich dumm war, aber: Er fühlte sich geschmeichelt.

»Es geht ums Hotel. Und ich bitte dich, alles vertraulich zu behandeln.«

»Selbstverständlich.« Kerschbaumer bemühte sich, lässig und nicht allzu servil zu wirken.

»Ich will das Hotel verkaufen.«

»Ach was?«

»Ja, ich glaube an ein ganz neues Konzept. *Small luxury*, wissen Sie? Pardon, weißt du? Das Pulracher hat hundertzwanzig Zimmer und wird seit jeher von der oberen Mittelschicht und unteren Oberschicht bewohnt. Doch ich will die *Crème de la Crème* abschöpfen.«

»Und wie willst du das machen?«

»Höchstens zehn Gästefamilien. Jede in ihrem eigenen Chalet. Jede mit ihrem eigenen Spa. Die beste Weinkarte des Landes. Erstklassig geschultes Personal.«

»Klingt verführerisch. Aber ...«

»Jedes Chalet bekommt einen geheizten Infinity-Pool mit Pistenblick.«

»Infinity...?«

Die schöne Hotelchefin bekam glänzende Augen. »Alle Wünsche werden erfüllt. Maximale *privacy*. Auf die Geschmäcker abgestimmte individuelle Beleuchtung, Raumdüfte und Bibliothek. Natürlich direkt an der Piste und mit Traumblick. Persönlicher Concierge. Besondere Sicherheitskonzepte auch für die sensibelsten Gäste. Haubenrestaurant, das innerhalb der ersten drei Jahre zur Nummer eins in Kärnten, in weiteren drei Jahren zur Nummer eins Österreichs werden soll. Kissenmenü.«

»Kissenmenü?« Kerschbaumer dachte zurück an den Code mit dem *zweiten Kissen,* von dem ihm der Italiener ohne Alibi erzählt hatte.

»Der Gast darf unter sechs Matratzenhärten und diversen Kissenformen und -füllungen wählen, auch Allergiker sollen sich wohlfühlen. Nachhaltigkeit. Bio. Materialien aus der Umgebung. Solarenergie.«

Kerschbaumer verstand nichts. »Verstehe«, sagte er.

»Wie klingt das alles für dich?«

»Nun ja.« Der Malbec half ihm, Zeit zu gewinnen, und er setzte das Glas bewusst langsam ab. »Ganz gut, denke ich. Sicher sehr teuer.«

»*Sehr* teuer. Aber das ist nicht das Problem. Ich denke, der Verkauf des Pulracher wird genügend Geld generieren. Einen Baugrund hätte ich auch schon. Das Problem liegt eher in der Ausführung. Alles, was einen Grundriss über sechs Quadratmeter hat und über zwei Meter hoch ist, braucht eine Genehmigung von der Baubehörde. Der Antrag ist bei der Baubehörde der Gemeinde zu stellen. Dann gibt es noch die Firmen, die Architekten, die Handwerker. Und natürlich die Nachbarn und die anderen Hoteliers. Nicht alle werden glücklich über ein weiteres Hotel sein.«

Kerschbaumer dachte an Feiersingers Anfragen, die ihm jetzt ganz logisch vorkamen. Illegal, aber logisch. »Und welche Rolle sollte ich in deinen Plänen spielen?«

Die Pulracher beugte sich so weit vor, dass sich ihr Po vom Sitz löste. »Du machst mir nicht den Eindruck, als würdest du im Staatsdienst Erfüllung gefunden haben. Aber du kennst die Brüder dort in den Stuben. Und du wärst genau der Richtige für solche Verhandlungen. Du weißt, wie Ämter funktionieren. Du hast ein *Renommee*, weißt du?«

»Habe ich das?«

»Dein Wort hätte Gewicht. Du weißt, an wen man sich mit was wenden muss. Du weißt, wie man gewisse Vorgänge beschleunigt.«

Kerschbaumer wusste immer noch nicht, ob die schöne Hotelchefin scherzte. »Ich bin in der Verhandlung mit Verhaltensauffälligen und Geistesgestörten geschult.«

»Das ist angesichts der Behördenvertreter, Gemeindeämter und Architekten genau das, was ich brauche.«

Kerschbaumer schenkte beiden nach und versuchte, einen klaren Gedanken – oder auch nur irgendeinen Gedanken – zu fassen. Wenn die Hotelchefin ihn nicht auf den Arm nahm, was hatte sie dann mit ihm vor? Wollte sie ihn mit der gezeigten Vertraulichkeit und dem Jobangebot, ob ernst gemeint oder nicht, korrumpieren? Ihn irgendwie auf ihre Seite ziehen? Sich Munition für künftige Zusammentreffen oder gar Befragungen sichern?

Kerschbaumer lehnte das Angebot der Marianne Pulracher sehr, sehr deutlich ab. Und er zahlte, er bestand darauf.

Draußen auf dem Parkplatz trafen sich beim Abschied ihre Atemwölkchen. Die Pulracher war wirklich gut mit dieser Augenkontaktsache, ihr Blick durchschnitt die Dunkelheit ohne Probleme und verbiss sich in Kerschbaumer. Der stammelte ein paar Höflichkeiten, an die er sich später selbst nicht mehr so recht erinnern konnte, und sah zu, dass er ins Auto kam, bevor er sehr, sehr dumme Ideen über den weiteren Verlauf dieses Abends aushecken konnte.

Kerschbaumer hatte es in seinem Beruf bislang mit zweiundzwanzig Schwerkriminellen zu tun gehabt, mit vier Terroristen, unzähligen Erpressern, Betrügern, Dealern und Autoschiebern. Aber diese Pulracher, die hatte es echt drauf. Sie wäre mit all diesen Ungesetzlichen Schlitten gefahren.

Im Hotelzimmer angekommen, brauchte er dringend Rotwein und Erdnüsse und vor allem eine Dusche.

48. Der Anschlag

Kerschbaumer schreckte hoch. Was für ein wunderlicher Traum! Aktenschränke waren über ihn zusammengestürzt, dicke Ordner mit ungelösten Fällen, meist Kleinkram zwar, aber in der Masse – und darniederstürzend zumal – doch von einigem Gewicht, genug jedenfalls, dass er nach Luft schnappte. Die übereinander gestürzten Regale knirschten noch im Nachhall des bürokratischen Unglücks, und Kerschbaumer öffnete die Augen.

Doch da war noch ein Nachhall, ein unbestimmtes Knarren. Er knipste die Nachttischlampe an. Und in diesem Augenblick, als sich das Hotelzimmer mit Licht füllte, schlug die Zimmertür zu, und Schritte entfernten sich rasant im Flur. Kerschbaumer griff zum Stuhl, auf dem er seine Dienstwaffe stets abzulegen pflegte, die geliebte, verlässliche, gut in der Hand liegende Glock 17, die er seit dem aufreibenden Prozess gegen einen bulgarischen Rocker- und Drogendealerring Tag und Nacht in Griffweite hielt.

Doch als er mit der Hand auf dem Sessel herumfuhr, fasste er in nichts Hartes, Kühles, Metallisches, sondern nur in den Stoff seiner Kleidung.

Natürlich: Er war ja in den Urlaub gefahren. Und hatte die Waffe gar nicht dabei.

Also stürzte er zur Tür und sah gerade noch eine Gestalt, die sich über den Korridor entfernte und die Treppe nach unten nahm. Kerschbaumer blickte kurz an sich herab – wie immer war er zu müde gewesen, die Schlafanzughose anzulegen und war nur mit Boxershorts und T-Shirt bekleidet. Er sah nicht gerade aus wie James Bond. Aber egal, um diese Uhrzeit würde ihn hoffentlich niemand sehen.

In der Stille konnte er die Schritte gut hören, die im Treppenhaus vom zweiten Stock bis ins Erdgeschoss und dort an der Rezeption vorbeiführten, wo sich gerade ein müder Nachtportier aus dem Hinterraum schlich, der wohl auch die Schritte gehört hatte, doch seine Augen waren noch auf halbmast, als auch Kerschbaumer an ihm vorbeirauschte.

Die Gestalt sprintete die Treppe ins große Wellnesszentrum hinab. Der Ermittler folgte ihr.

Das Spa bei Nacht war gespenstisch. Kühle Luft, die nach nassen Bergkräutern roch. Dunkle Schatten, wo sonst die Saunas und Hamams waren. Es war kaum etwas zu erkennen, nur das stetige Wabern der Wellen im Pool, der von flackernden Unterwasserlampen schwach beleuchtet wurde.

Die Schritte waren verstummt, die Gestalt hatte sich irgendwo verborgen.

Aber wo?

Kerschbaumer fand einen Lichtschalter. Die Lampen flackerten müde, dann sprangen sie an. Das Licht blendete ihn, doch irgendwo weiter hinten klickte es, und das Licht erlosch. Er versuchte es noch einmal, doch es war dasselbe Spiel. Entweder spielte er es weiter, oder er musste riskieren, sich im Dunkeln auf die Suche nach der Gestalt zu begeben. Vorsichtig setzte er die Schritte. Langsam, zu langsam gewöhnten sich seine

Augen an die Dunkelheit. Er ging vorsichtig am Pool entlang, wo ihm das flackernde Violett Geleit gab.

Dann spürte er einen Stoß im Nacken. Dunkelheit brach über ihn herein. Er verlor das Bewusstsein.

Dann wachte er auf, lange konnte die Ohnmacht nicht gedauert haben. Als Erstes spürte er, dass das Wasser warm war, doch das war auch das Einzige, das derzeit für eine positive Sicht der Dinge sprach, denn Kerschbaumer befand sich unter Wasser, und als er aufzutauchen versuchte, wurde er niedergehalten. Etwas hing an seinem Fuß. Etwas, das nicht nachgeben wollte. Es war wie eine Schlinge. Wie eine Kette. Ein Gewicht, ja, ein Gewicht. Er tauchte zu seinem Fuß hinab, doch in dem aufgewühlten Wasser bekam er keinen klaren Blick. Das Gewicht schien sehr schwer, so schwer wie er mindestens. Im Wasser, ohne jeglichen Halt und gut eine Armlänge vom Beckenrand entfernt, kam er nicht dagegen an, so sehr er auch strampelte. Er kraulte verzweifelt nach vorn und zur Seite, doch das Gewicht schleifte schwer auf dem Grund, das unnachgiebige Geräusch von Eisen auf Kacheln war unter Wasser erschreckend klar zu hören. Wendelin Kerschbaumer kam weder an die Oberfläche noch näher an den Beckenrand. Und die Luft ging ihm aus. Ein letzter Kraftakt, ein gewaltiger Ruck, der ihm fast den Knöchel ausrenkte, doch es war nichts zu machen. Und so endeten sie also hier, die Ermittlungen im Mordfall Swetlana Kastelic. Jedenfalls für ihn. Und auch mit der Diät hatte es sich nun vollends erledigt, und wer würde es Hilde sagen und wie würde sie es auffassen? Verzweifelt schnappte er nach Luft, doch es schoss nur gechlortes Wasser in seine Lungen, und er wurde erneut ohnmächtig.

49. Die Rettung

Ob er es noch mitbekam, dass er zeitgleich mit seiner zweiten Ohnmacht nach oben gezogen und in die Luft gehoben wurde? Dass er bald auf den Kacheln neben dem Pool lag und die Lichter dieses Mal angeschaltet blieben? Im Nachhinein wusste er es nicht mehr so genau, aber die erste sichere Erinnerung war das Geräusch seines eigenen Hustens und Würgens, das ihn wieder zu Bewusstsein brachte. Dann öffnete er die Augen, und über ihn beugte sich jemand, von dem er nicht überraschter hätte sein können, wäre es der österreichische Bundespräsident gewesen.

Der war es natürlich nicht. Es war Oleg, der Pfleger von Swetlanas Oma.

»Knappe Kiste«, knirschte er. Oleg war selbst tropfnass.

»Du sprichst ja«, röchelte Kerschbaumer. »Und sogar Deutsch!«

»Keine Ursache übrigens.«

»Äh, ja, Entschuldigung. Danke!«

Kerschbaumer richtete den Oberkörper auf und sah an den Beinen herab. Am linken Knöchel hing ein eng geschnürtes Kettenschloss, und daran war eine mächtige Kugelhantel mit dem Aufdruck »30 kg« angebracht. Er rieb sich den Nacken, und er wusste: Da musste ihn ein Schlag getroffen haben, der ihn ausgeknipst hatte. Gerade lange genug, um ihm ein Gewicht anzuhängen und in den Pool zu stoßen.

Nun erschien auch der verschlafene Nachtportier, ein Student, der sich von dem Ferienjob geruhsame Stunden versprochen hatte und sich gerade zu einer Standpauke aufraffen wollte: »In der Nacht ist unser Wellnessbereich ge…«, als er die eigenartige Szenerie erfasste und obendrauf einen scharfen Blick von Oleg kassierte. Er verstummte zunächst und erkannte dann die Lage, jedenfalls halbwegs. »Äh, kann ich irgendwas tun, braucht jemand Hilfe?«

Hinter dem Nachtportier klapperte es, und Swetlanas Oma schob sich mit ihrem Rollator an dem Studenten vorbei. Sie tätschelte Oleg die Wange. »Gut gemacht«, sagte sie. Der lächelte verlegen. Kerschbaumer hatte den Kopf zu ruckartig gedreht und rieb sich den lädierten Nacken.

Was genau war passiert?

Oleg war Kerschbaumer gefolgt und hatte den Pool erreicht, als der Chefinspektor knapp unterhalb der Wasserlinie strampelte.

»Moment, Moment«, unterbrach Kerschbaumer, »warum bist du mir überhaupt gefolgt?«

»Die Direktive habe ich gegeben«, meldete sich Kordula Kastelic mit ihrer dünnen, aber zugleich festen Stimme zu Wort.

»Wie …?«

»Ich hatte den Eindruck, Sie könnten gefährdet sein.«

»Wie …?«

»Nur so ein flüchtiger Eindruck, wie Frühlingsnebel. Ich hegte keinen allzu bestimmten Verdacht.«

Kerschbaumer war sogar zu verdutzt, um ihr Goethe-Deutsch wertzuschätzen.

Jedenfalls war Oleg ins Wasser gesprungen und hatte den Chefinspektor erst auf den Beckenrand gewuchtet und von dort endgültig aufs Trockene gezogen.

»Muss aber keiner wissen.«

»Was muss keiner wissen?«, fragte der verwirrte Kerschbaumer den Russen.

»Das mit dem Deutsch«, brummte Oleg.

»Ah, ja, okay, klar.« Kerschbaumer wandte sich an den Studenten. »Sagen Sie der Hotelleitung, dass Ihr Wellnessbereich morgen früh ein paar Stunden später öffnet. Wir müssen uns hier umschauen. Und jetzt lassen Sie uns bitte allein.«

»Ich weiß nicht, ob ich das darf …«

Kerschbaumer griff im Reflex nach dem Dienstausweis, doch seine Hand rutschte nur am nassen Shirt ab. Mist. Aber er machte sich dennoch verständlich, und der Student entschwand.

»Hast du gesehen, wer es war?«, fragte Kerschbaumer seinen Retter Oleg.

Der schüttelte den Kopf.

»Ein Profi?«

Oleg, der ehemalige ALFA-Kämpfer, schnaubte verächtlich. »Ein Profi hätte so gemacht!« Er fuhr sich in einer unmissverständlichen Geste mit dem Zeigefinger waagerecht über die Kehle.

»Nun hol dir und dem Kommissar flugs trockene Kleidung«, befahl die Alte.

Oleg nickte und verschwand.

»Ich bin Inspektor«, verbesserte Kerschbaumer die Kastelic leise. »Chefinspektor, um genau zu sein.«

Er sah sich um. Der Mann, der es auf sein Leben abgesehen hatte, war vermutlich über den Zugang zu einem kleinen Garten nach draußen gelangt, wo sich die Saunabesucher gern mit Eis und Schnee abbürsteten und hinter einer Hecke ein großes, verschneites Feld in Richtung Ortszentrum abfiel; Kerschbaumer bewunderte es jeden Morgen beim Frühstück. Er rief in Klagenfurt an, um die Spurensicherung kommen zu lassen.

Dann ging er zurück. »Warum glaubten Sie, ich hätte einen Leibwächter nötig?« Er fühlte sich etwas unwohl, in seiner tropfenden Unterhose vor der alten Dame mit dem schönen Deutsch.

»Oh, wie schon erwähnt, wir sprechen hier von einem sehr unbestimmten, ätherischen Gefühl.«

Kerschbaumer legte die Stirn in tiefstmögliche Falten. Aber mehr war aus der Alten vorerst nicht herauszuholen. Blieb nur noch eines zu klären.

»Entschuldigen Sie die Frage, aber – Sie und Oleg, sind Sie, nun ja ...«

»Ob wir ein Paar sind?«, kicherte die Alte. »Nun, vielleicht nicht in der üblichen Definition, wenn Sie das meinen. Aber in einem freundschaftlichen, äh, ist *Bereich* das korrekte Wort? – dann stimmt das wohl schon.«

TAG 10 DER ERMITTLUNGEN

Donnerstag, 14. Dezember

WETTER

Am Vormittag schüchterne Sonnenstrahlen, am Nachmittag ebenso zurückhaltende Schneeflocken, insgesamt wärmer werdend.

PISTENBERICHT

Zwei gebrochene Schienbeine. Ein Bruch davon offen, zum Entzücken der Spittaler Orthopädie, deren Ärzte und Pfleger gleich WhatsApp-Nachrichten des spektakulären Röntgenbildes mit dem über den Skischuh herausstehenden Knochen an gute Freunde schickten.

50. Spuren im Schnee

»Das war eng, Herr Chefinspektor«, grinste Kriechnitz. »Aber Unkraut vergeht nicht, wie?« Seine kratzende Stimme hallte in typischer Hallenbadmanier mit einem eigenwilligen Echo.

Der Gute-Laune-Bär von der Klagenfurter Spurensicherung war trotz Erkältung in Hochform. Kerschbaumer hielt ihn auf Abstand, wollte aber zugleich ihm und seinem Team bei der Arbeit zusehen. Es war inzwischen schon fast acht Uhr am Morgen, der Kaffee- und Brotduft des Frühstücksbuffets waberte ins Hallenbad wie Sirenengesang.

Es waren jede Menge Fragen zu klären. Wie war der Eindringling ins Haus gelangt? Es gab mehrere Möglichkeiten, und keine konnte ausgeschlossen werden. Ein Hotel war kein Hochsicherheitstrakt. Selbst der Haupteingang war eine Möglichkeit, denn der Student alias Nachtportier hatte im Hinterzimmer doch ziemlich tief und fest geschlafen, wie er auf Befragen zugeben musste. Und warum, um alles in der Welt, sollte Kerschbaumer überhaupt sterben?

Vielleicht war der Eindringling ja auch schon am Nachmittag oder frühen Abend ganz einfach ins Hotel gekommen und hatte sich unter die Gäste gemischt, die an der Bar mit ein paar hastig gestürzten Getränken den Abend einläuteten und dann mit einem leichten Glimmer das Salatbuffet im Speisesaal attackierten und dabei experimentierten, wie hoch man das gastronomische Angebot auf den kleinen Tellern stapeln konnte. Es wäre ein Leichtes gewesen, in dem Trubel unerkannt zu bleiben. Oder: War der Angreifer gar selbst ein Hotelgast?

»Auch die anderen Eingänge hätten keinem Profi den Zugang verwehren können«, ließ sich Kriechnitz' Stimme vernehmen.

»Also war es ein Profi«, summierte Kerschbaumer den Stand der Dinge.

Kriechnitz' Grinsen wurde noch ein wenig breiter. »Wäre es ein Profi gewesen, denn lägen Sie jetzt mit durchgeschnittener Kehle in Ihrem Zimmer, und wir hätten eine ziemliche Sauerei aufzuwischen da oben.«

»Was ist also Ihre Einschätzung?«

Kriechnitz schien überrascht, dass er um einen konkreten Rat gebeten wurde. Das kretinöse Grinsen verschwand aus dem Gesicht, die rechte Hand fuhr zum Nachdenken ans Kinn. »Nun ja, irgendwie – es sieht aus wie …«

»Wie eine *Show*?«, riet Kerschbaumer.

»Ja, genau. Wie eine … wie eine *Inszenierung*.«

Und das, musste Kerschbaumer eingestehen, war eine ganz gute Beschreibung.

Die Fußspuren, die von der Sauna nach draußen führten, verloren sich auf dem schlammigen, von Schneematsch und Reifenspuren durchpflügten Parkplatz.

»Schuhgröße?«

»Eher klein. Zweiundvierzig, höchstens dreiundvierzig.«

Oben am Zimmer hatten sie keine Einbruchsspuren feststellen können, was zunächst etwas rätselhaft war, doch Kriechnitz demonstrierte, wie einfach eine Hoteltür mit einer Kreditkarte zu öffnen war.

Unten am Pool besah sich Kriechnitz das Kettenschloss genauer, vermutlich für ein Motorrad. »Abus. Beliebte Marke.«

»Und die Kugelhantel?«

»Vermutlich aus dem Fitnessraum oben, ich werde gleich mal schauen.«

Hilde kam aus dem Frühstücksraum mit einem Tablett mit frischem Kaffee und einigen Hörnchen. Alle schlugen dankbar zu.

Hilde näherte sich flüsternd. »Und wenn Oleg dich selbst reingeschubst und wieder rausgeholt hat?«

Auch wenn das keinen Sinn ergab – darüber hatte Kerschbaumer auch schon nachgedacht.

51. Ein rätselhaftes Detail

Der Anschlag hatte Kerschbaumer überraschend wenig ausgemacht, der Schlag war nicht hart gewesen, die Ohnmacht ohne Folgen. Er hatte sogar richtig Appetit, schließlich war es bereits weit nach Frühstückszeit, und verschlang genussvoll die diversen Köstlichkeiten der Bäckerei Weissensteiner, darunter Topfentascherl, Zuckerringerl, Marillenschifferl und Nussmakronen. Nur den Kaffee, den wollte er lieber von der Greisslerei trinken, und Feiersinger hatte sich bereits auf den Weg gemacht, während Hilde netterweise Kriechnitz und sein Team in der Saunalandschaft des Hotels herumscheuchte und so von der Wache fernhielt.

Den Kaffee brauchte er auch dringend, hatte der Anschlag ihn doch mitten in der Nacht aus dem Schlaf gerissen. Außerdem fühlte er eine leichte Resignation in sich aufsteigen, nicht so sehr aus Besorgnis, eher aus einer gewissen Unzufriedenheit mit sich selbst. Müsste er nicht längst mehr über den Fall in Erfahrung gebracht haben? Das wütende Geklingel von Lutz-Heiko Heil aus Klagenfurt und Kruschannig aus Wien ignorierte er. Müde schleppte er sich zu dem Tisch, auf dem die Zeitungen und Zeitschriften lagen, die sich mit dem Mord befasst hatten, dank Feiersinger nach Titeln und Datum geordnet.

»Wegen BKK-Mord: *ÖHA*-Auflagenzahl nahezu verdoppelt«, las Kerschbaumer in der *Krone*. Er dachte an Franz Ferdinand Kluibnschädl. Immerhin einer, der sich freuen durfte, denn wie die *Krone*-Notiz vermeldete, war die *ÖHA* kurz davor, erstmals schwarze Zahlen zu schreiben.

Er schnappte sich die *Österreich Heute Aktuell* und begann die ausführlichen Artikel zu lesen, die ausnahmslos mit »FFK« gezeichnet waren. In den zehn Tagen seit dem Mord hatte die *ÖHA* nie weniger als eine Doppelseite aus Bad Kleinkirchheim berichtet, meistens waren es sogar vier oder fünf Seiten. Sie waren reißerischer, als es für die *ÖHA* eigentlich üblich war, aber offenbar kam das bei den Lesern an. Dass der Wiener Ermittler in der Fremde keinen Blumentopf gewinnen konnte, kam bei der zahlenden Kundschaft ebenfalls gut an, und so durfte sich Kerschbaumer praktisch täglich über ein Bild von ihm in der *ÖHA* freuen, allerdings selten mit schmeichelhaften Bildunterschriften garniert.

Als er den Bericht vom zwölften Dezember über den Brand des Bürgermeister-Audis las, stutzte er. Die Diavolina-Anzünder waren ausdrücklich nicht in der Pressemeldung erwähnt. Solche Details zur Tatausübung lässt man üblicherweise weg, um Nachahmungstätern nicht noch eine Anweisung zu geben, wie man solche Verbrechen ausführt. Welche Quelle hatte Kluibnschädl? Jemanden aus dem Polizeiapparat? Den Bürgermeister selbst?

Kerschbaumer schaute noch einmal aufs Datum des Beitrages. Dann dachte er an Feiersingers Zahlentick. Dann sah er wieder aufs Datum, das oben rechts auf der Seite stand. Irgendetwas schien ihm das sagen zu wollen. Die Zahlen blähten sich auf, funkelten in Neonlichtern – hatte ihm der Schlag in den Nacken doch ein paar Gehirnzellen neu verschaltet?

In Kerschbaumers Hirn zuckten Blitze. Ihm kam der Tatort in den Sinn, dann wieder Kluibnschädl. Er rief Kriechnitz an.

»Wie lautete die Kombination des Zahlenschlosses?«, fragte er den Spurensicherer, der noch im Kirchheimerhof zu Gange war.

»Was für ein Zahlenschloss?«, fragte der zurück.

»Das vom Aktenkoffer, den Sie bei Swetlana gefunden haben.«

»Das Zahlenschloss war nicht aktiviert«, erinnerte ihn Kriechnitz.

»Ja, ich weiß, aber gab es dennoch eine eingestellte Kombination?«

Kriechnitz stöhnte unwillig. »Warten Sie, ich rufe in Klagenfurt an.«

Fünf Minuten später, just als Feiersinger endlich mit dem Kaffee in der Tür auftauchte, meldete sich Kriechnitz.

»Auch wenn ich nicht weiß, wozu das gut sein soll«, murrte er, »rechts lautet die Kombination Eins-Neun-Acht-Null, und links …«

»Null-Acht-Eins-Zwei«, ergänzte Kerschbaumer.

Am anderen Ende der Leitung wurde es still. Man hörte aus dem schwer atmenden Schweigen heraus, wie verblüfft Kriechnitz war, aber er sträubte sich, es dem Wiener erkenntlich zu geben.

»Woher … woher wissen Sie das?«, rang er sich schließlich ab.

»Achter Dezember 1980. Das ist Kluibnschädls Geburtstag. Geben Sie mir Hofgärtner.«

Das Telefon wurde weitergereicht.

»Hilde, in welchem Hotel ist Kluibnschädl noch mal untergebracht?«

»Im Felsenhof.«
»Wir treffen uns dort.«
»Sofort?«
»Sofort.« Kerschbaumer legte auf. »Feiersinger!«
Der Gerufene zuckte zusammen.
»Ich habe nichts dabei. Steck deine Waffe ein.«

52. Ein ganz illegaler Zugriff

Auf dem Weg wurde Kerschbaumer vieles klar: der Koffer. Die Spuren von Druckerschwärze. Die Papierfetzen in exakter Größe von Fünfzigeuroscheinen. Jemand hatte Swetlana in eine Falle gelockt. Eine Geldübergabe ohne Zeugen. Doch auf Swetlana wartete kein Geld. Sondern nur Papierschnipsel. Und der Tod.

Feiersinger schaltete in seinem Hyundai i30 ganz aufgeregt und immer ein wenig zu früh. Seine Glock schwankte zwischen den Beinen hin und her, was Kerschbaumer ein wenig beunruhigte.

»Was wollen wir denn von dem Kluibnschädl?«, fragte Feiersinger, während er permanent in den Gängen herumwechselte.

»Er weiß etwas, was wir nicht wissen.«

Kerschbaumer war sich nun sicher, dass alle Vorkommnisse mit dem geplanten Hotel am Zielhang der Klammer-Abfahrt zu tun haben mussten. Er erinnerte sich daran, wie Kluibnschädl es war, der seinen Verdacht dorthin gelenkt hatte. Hatte Kluibnschädl nicht in seiner Zeitung mächtig Stunk gegen den Bau gemacht? Und nicht zuletzt war es ja auch er, der die Fotos vom Hinterminator mit Swetlana veröffentlicht hatte. Das musste doch alles irgendwie zusammenhängen, und Kerschbaumer würde herausfinden, wie.

Drei Mal hatte er versucht, den Journalisten anzurufen, doch stets war nur die Mailbox angesprungen.

Sie schossen den schmalen Koschatweg empor und gelangten dann über den Mozartweg zum Felsenhof. Hilde kam direkt vom Kirchheimerhof und fuhr jetzt direkt hinter ihnen, Kriechnitz saß neben ihr auf dem Beifahrersitz. Aber das war nun auch egal.

Die Autos hielten vor dem Haupteingang des Hotels, Kerschbaumer sprang in den Schneematsch. Feiersinger stellte den Motor ab und steckte die Glock 17 umständlich in die Manteltasche; an ein Holster hatte er vor Schreck gar nicht gedacht.

»Kannst du damit umgehen?«

»Das letzte Schießtraining ist fünf Jahre und zwei Monate her.«

Kerschbaumer wusste nicht, ob ihn das beruhigen sollte oder eher nicht.

Hilde lief auf die beiden zu, Kriechnitz hielt sich im Hintergrund. Echte Polizeiarbeit war ihm zu aufreibend.

»Was ist los?«, fragte die Inspektorin.

»Der Reporter. Er steckt mit drin«, rief Kerschbaumer.

»Wie kommst du darauf?«

»Er wird es uns erklären.«

An der Rezeption des Felsenhofs fragte eine junge Rezeptionistin die vier, was sie begehrten. Sie wollten zu Kluibnschädl, Franz Ferdinand. Die eilfertige Angestellte griff zum Telefonhörer, Kerschbaumer zum Dienstausweis. Danach legte er den Zeigefinger auf den Mund. »Es soll eine Überraschung sein«, lächelte er so verbindlich, wie er konnte. »Welches Zimmer?«

Vor der hübsch geschnitzten Holztür mit der goldenen Nummer 303 im dritten Stock blieben sie stehen.

»Das ist alles sehr, sehr, sehr illegal, das weißt du schon, oder?«, raunte Hilde.

Kerschbaumer nickte und klopfte. Drinnen rührte sich nichts. Er versuchte es noch einmal.

»Kriegst du die Tür auf?«, flüsterte er schließlich, an Kriechnitz gewandt.

Das packte den Klagenfurter an der Ehre. »Hoteltüren knackst du mit einem Dosenöffner.« Er machte sich an die Arbeit, allerdings ohne Dosenöffner.

»Ihr habt keine Genehmigung, das ist Einbruch«, zischte Hilde. »Ihr riskiert eine ganze Menge.«

»Das Risiko ist es mir wert«, gab der Chefinspektor zurück.

Die Tür sprang auf, und dieses eine Mal hatte Kriechnitz sich sein überhebliches Grinsen verdient.

Für die Einzelheiten in dem Zimmer hatte Kerschbaumer keinen Blick, er stürzte sofort zum Schreibtisch. Auf dem Laptop lief der Bildschirmschoner in bunten, psychedelischen Spiralen. Hilde nahm sich der Sache an, aber der Zugang war mit einer Fingerabdruck-Identifikation gesichert. Neben dem Laptop lagen allerlei Notizen sowie ein DIN-A4-Umschlag, der dickes Papier enthielt. Es waren Fotoabzüge. Kerschbaumer zog sie heraus.

Auf den überraschend scharfen, farbigen Fotos waren zwei Personen zu sehen. Die eine war Hans-Hermann Hintermaier. Die andere war Swetlana. Die ersten Fotos waren harmlos, ein gemeinsamer Kaffee, ein Schlendern durch abseitige Waldpfade. Kerschbaumer erkannte seinen Wanderweg in Bad Kleinkirchheim. Alles war heimlich aufgenommen, das wurde durch die Perspektive deutlich; im Zoom schräg von hinten, im Zoom von schräg vorn. Die weiteren Fotos waren dann aber nicht mehr harmlos und zeigten die beiden in sehr nackten, sehr eindeutigen Posen auf diversen Laken, der Einrichtung nach zu urteilen in recht preiswerten Pensionen. Dieses Mal war die Kamera ziemlich nah, möglicherweise im Zimmer, vermutlich fest installiert.

Hilde und Feiersinger stießen entgeisterte Töne aus, und Kriechnitz wunderte sich.

»Ich habe es geahnt«, bemerkte Kerschbaumer.

»Was bedeutet das alles?« fragte Feiersinger.

»Ich denke, wir haben es mit einer klassischen Erpressung zu tun«, erläuterte der Wiener Ermittler.

An der angelehnten Tür klopfte es, Feiersinger griff hektisch zur Waffe. Doch als die Tür aufschwang, erschien im Rahmen nur ein sehr rundliches, sehr überraschtes Zimmermädchen.

»Wir brauchen hier noch etwas«, erklärte Kerschbaumer und stieß Kriechnitz mit dem Ellbogen an. Der verstand, zückte seine Geldbörse und gab dem Dienstmädchen zehn Euro. »Kommen Sie doch morgen wieder.«

Das Dienstmädchen schloss die Tür. Man konnte mit dem Klagenfurter offensichtlich doch ganz gut arbeiten.

»Und jetzt?«, fragte Hilde.

»Wir müssen diesen Kluibnschädl finden, er ...«

Kerschbaumers Telefon klingelte. Auf seinem Display erschien eine Nummer mit der internationalen Vorwahl 00386. Eine slowenische Nummer.

»Hallo?«, stellte er sich dumm.

»Hallo, Herr Chefinspektor«, antwortete eine vertraute, aber bislang selten gehörte Stimme.

»Mirko! Woher haben Sie meine Nummer?«

»Sie sind in Kluibnschädls Hotelzimmer, oder?« Die Worte klangen wie Kreide auf einer Schultafel. Vor allem klangen sie nach gutem Deutsch. Bislang hatte sich Mirko diesbezüglich nicht sehr hervorgetan, aber die Umstände riefen nicht nach einer Sprachkritik.

»Und wo sind Sie?«

»Ich bin bei Ihnen«, erklärte Mirko.

»Was meinen Sie?«, fragte Kerschbaumer, aufs Äußerste beunruhigt.

»Na, bei Ihnen, auf Ihrer Wache. Ich habe Ihren Mörder.« Er legte auf.

Das waren *keine* guten Nachrichten. Das waren *überhaupt keine* guten Nachrichten.

53. Der Besucherstuhl als Hauptdarsteller

Kerschbaumer und Hilde nahmen vier Stufen auf einmal, Kriechnitz und Feiersinger keuchten hinterher.

Die Tür zur Wache im ersten Stock war angelehnt, dahinter dudelte Schlagermusik aus einem Radio. Slowenische Schlager vermutlich, denn Kerschbaumer verstand kein Wort. Er zögerte. Feiersinger zückte zitternd seine Waffe. Kerschbaumer hielt ihm die Hand hin, und Feiersinger reichte die Glock dankend dem Chefinspektor weiter.

Dann schob Kerschbaumer die Tür auf.

Mitten im Raum stand Kluibnschädl und lächelte die Polizisten gequält an.

Er stand nicht irgendwie im Raum, nein, er stand auf dem wackligen Besucherstuhl, der außergewöhnlich beunruhigende Töne von sich gab. Seine Hände waren hinter dem Rücken zusammengebunden, um seinen Hals war eine Schlinge gelegt, und die Schlinge war an der Deckenlampe befestigt. Neben ihm standen Mirko, Tschip und Tschop.

»Er hat gestanden«, lächelte Mirko mit einem vollendeten Kopfnicken. Er lächelte, als würde er seine Gäste zu einem Teeempfang begrüßen.

Kerschbaumer ließ die Waffe sinken. »Was hat er gestanden?«

»Den Mord und alles.«

»Nun ja, unter diesen Umständen würde wohl selbst der Papst gestehen …«

»Schon gut«, sagte Kluibnschädl von schräg oben. »Nun macht es eh keinen Sinn mehr zu leugnen. Es ist nicht ganz so gelaufen, wie ich es mir vorgestellt hatte.«

Kerschbaumer schaltete das Radio aus. »Aber beinahe hätten Sie es geschafft.« Er bemühte sich, langsam und besonnen zu sprechen und jede hektische Geste zu vermeiden, um nichts und niemanden aus dem Gleichgewicht zu bringen.

»Immerhin: Die Auflage wird es mir danken.«

»Ja, wahrscheinlich.« Kerschbaumer legte die Waffe auf den Tisch.

»Äh, Sie … Sie sollten wissen, dass dieser Stuhl da nicht sehr stabil ist«, gab der fürsorgliche Feiersinger zu bedenken.

Mirko legte die Hand an die Lehne der Plastikschale und ruckelte etwas daran. Der Stuhl protestierte empört. »Noch hält er«, sagte Swetlanas Bruder.

»Wie haben Sie das herausgefunden?«

»Man muss nur auf die richtige Art fragen«, knurrte Mirko.

»Und illegal einbrechen?«

»Nein, nein.« Mirko hob die Hand und zeigte auf seine Kumpane. »Tschip und Tschop sind gute Beschatter. Wir wussten das mit dem Skifahrer, davon war es ein Leichtes, auf den Reporter zu schließen. Und, ja, wir haben auch mal kurz in seinem Hotelzimmer nachgeschaut.«

Kerschbaumer blickte die beiden an. Mit ihrer unspektakulären, schnell in Vergessenheit geratenen Physiognomie und ihrem generell geschmeidig-lautlosen Auftreten waren sie tatsächlich die idealen Beschatter.

»Und wie sind *Sie* auf mich gekommen?«, wandte sich Kluibnschädl an Kerschbaumer.

»Der Koffer.«

»Der Koffer?«

»Ja, die Kombination des Zahlenschlosses. Ihr Geburtsdatum. Vergessen, oder?«

Kluibnschädl schlug die Augen nieder und stöhnte. »Oh, verflixt. Ein Geschenk meiner Eltern. Fünfzehn Jahre nicht benutzt. Ich wusste gar nichts mehr von der Kombination. Wer schließt heutzutage schon seine Koffer ab?«

»So ein Pech«, gab sich Kerschbaumer mitfühlend.

»Ja, so ein Pech.«

»Tja, Sie haben an vieles gedacht, aber es gibt nun mal keinen perfekten Mord.«

»Äh, es gibt doch einen perfekten Mord«, meldete sich Kriechnitz. »Du gehst mit deiner Frau in den Bergen wandern und gibst ihr einen Schubs. Keine Spuren, keine Zeugen, es war ein Unfall.«

Kerschbaumer verdrehte die Augen.

»Kaffee irgendjemand?«, fragte Hilde, um die Lage weiter zu entspannen.

»Fassen wir zusammen«, sagte Kerschbaumer. »Sie haben den Hintermaier erpresst.«

»Genau.«

»Mit den Fotos.«

»Genau.«

»Wie viel?«

»Hunderttausend Euro.«

Kerschbaumer pfiff leise. »Zusammen mit Swetlana?« Kluibnschädel nickte. »Aber Swetlana wollte nicht mehr mitmachen.«

»Sie wollte sogar zur Polizei gehen und die Erpressung anzeigen! Sie faselte irgendwas von Liebe zu ihm.« Kluibnschädl schüttelte entgeistert den Kopf. »Kann man sich so etwas Albernes vorstellen?«

»Und Sie haben sich ihr Schweigen erkaufen wollen.«

»Zwanzigtausend Euro hätte ich ihr gegeben. Sie träumte doch von ihrer eigenen kleinen Pension da an ihrer komischen Adria. Das war ihre Bedingung. Bloß: Ich hatte ja nichts. Hab alles in das Magazin gesteckt.«

»Also lockten Sie sie zur Übergabe in den Wald, doch es gab nur Schnipsel für sie.«

»Ich hatte keine Wahl. Sie hätte mich ruiniert. Und meine Zeitung. Sie hat sich aufgeführt und geschrien, einfach davon wollte sie und mich ans Messer liefern. Ich musste sie umbringen, sie war völlig vernarrt in diesen Skifahrer.« Angewidert zog Kluibnschädl die Mundwinkel nach unten.

»Und dann sahen Sie, dass der Fall auch der Auflage half«, sagte Kerschbaumer.

»Ja. Ich musste alles am Köcheln halten, nicht wahr?«

»Deswegen also der Brandanschlag auf das Auto des Bürgermeisters«, wurde es Hilde klar.

»Und morgen wird der Artikel über den Mordanschlag auf den Wiener Ermittler erscheinen.«

»Das waren also auch Sie.«

»Keine Angst, ich hätte Sie nicht sterben lassen.«

»Wie freundlich von Ihnen.«

Wissen Sie, was Exklusivmeldungen heute wert sind? Millionen, sage ich Ihnen! Ich hatte sogar Fotos. Wie damals der *Stern* mit Barschel. Verdreifachung der Auflage. Und übermorgen dann kommen die Fotos von

Hintermaier und Swetlana, das bringt die Auflage zum Explodieren, und ...«

»Schon gut, schon gut. Nun holen wir Sie erst mal da runter.« Kerschbaumer wandte sich an Mirko. »Angesichts der Tatsache, dass Sie richtig lagen, können wir, denke ich, auf eine Anzeige wegen Körperverletzung und Nötigung in besonders schwerem Fall verzichten.«

»Einen Dreck können wir«, jammerte Kluibnschädl. »Ich nehme euch alle mit in den Knast!«

»Bloß, dass Ihnen das keiner glaubt. Sechs Aussagen gegen eine, richtig?«

»Richtig«, antworteten Hofgärtner, Mirko, Tschip und Tschop. Auch Feiersinger, ansonsten eher ein buchstabengetreuer Mann des Gesetzes, nickte.

»Holt mich nun endlich jemand runter?«, fiepte Kluibnschädl.

Das war ein legitimer Wunsch, doch als sich Mirko und Kerschbaumer dem geständigen Journalisten näherten, passierte etwas Unvorhergesehenes: Der Besucherstuhl, der schon so lange vor sich hingeächzt und gequietscht und gejammert hatte, krachte in sich zusammen.

Kluibnschädl stürzte ins Seil und hatte gerade noch Zeit, verblüfft zu blicken.

Doch er brach sich nicht das Genick. Die Deckenlampe hatte erstaunlicherweise gehalten, nicht aber das Seil.

Und so blieb ihm, wie später im Spital festgestellt werden sollte, neben der Mordanklage nur eine Steißbeinprellung.

»Sieben von zehn versuchten Selbstmorden durch Erhängen scheitern an der Befestigung oder an der Dicke des Stricks«, referierte Feiersinger, während sich der Ex-Selbstmordkandidat auf dem Boden herumwälzte und sich den Allerwertesten rieb.

»Und der Besucherstuhl war auch keine Hilfe«, bemerkte Hilde.

»Jetzt ist er endlich dahin«, sagte Feiersinger.

Kerschbaumer ließ sich Handschellen reichen, Kriechnitz rief die Ambulanz.

»Ihr Deutsch ...«, wandte sich Kerschbaumer an Swetlanas Bruder.

Mirko grinste. »Oh, ja, das ist nur eine Masche, wissen Sie? Wortkarg, etwas beschränkt, der schweigende Slawe – das bringt einen mitunter weit im Leben. Besonders in meinen Kreisen.«

Kerschbaumer versuchte, sich auf all das einen Reim zu machen.

»Ich bin nicht ganz so eloquent wie Omi«, setzte Mirko fort, »aber etwas ist doch vererbt worden. Und, wissen Sie, es ist immer gut, unterschätzt zu werden.«

Kerschbaumer merkte sich das.

54. Ein Kaffee und ein Feuerkelch

»Es waren die Handschuhe«, sagte Kerschbaumer am Nachmittag beim Cappuccino in der Greisslerei, während draußen wie so oft in den letzten Tagen zarte Schneeflocken am Fenster vorbeitanzten.

»Welche Handschuhe?«, fragte Hilde.

»Die Handschuhe von Swetlana. Die in ihrer Tasche steckten. Die haben mir keine Ruhe gelassen. Wer friert, zieht sich nicht die Handschuhe aus, schon gar nicht in der Nacht im Wald. Höchstens, um sich eine Zigarette anzuzünden. Aber Swetlana war Nichtraucherin. Sie hat sie abgelegt, um etwas zu überprüfen.«

»Um etwas nachzuzählen«, ergänzte Hilde. »Das Geld.«

»So ist es.«

Den Koffer hatte Franz Ferdinand Kluibnschädl seit seiner Studentenzeit besessen. Es war ein Geschenk seiner Mutter zur Matura. Aber er hatte ihn höchstens ein oder zwei Mal benutzt. Als er ihn nun wieder für die Geldübergabe hervorgeholt hatte, entfernte er sorgfältig alle Fingerabdrücke. Aber wer denkt schon an eine uralte Kombination?

»Dabei hat er an so vieles andere gedacht. Sogar an zu große Schuhe wegen der Spuren im Schnee«, meinte Feiersinger.

»Tja, wie gesagt. Alles war ziemlich gut durchdacht. Aber ein paar kleine Details waren dann doch problematisch. Die Brandbeschleuniger. Und dass er mit Swetlana gesehen wurde. Und natürlich der Koffer. Es gibt eben doch keinen perfekten Mord.«

»Aber immerhin einen ziemlich perfekten Cappuccino«, sinnierte Hilde und schöpfte mit dem Löffel den letzten Rest aufgeschäumter Milch aus der Tasse.

Dann klapperte und rumorte es umständlich in der Tür. Kordula Kastelic betrat mit ihrem Deltarad die enge Greisslerei. Wie immer half ihr Oleg, über die kleinen Schwellen und an den Hindernissen vorbeizusteuern. Kordula kniff dem Chefinspektor in die Wange, bestand darauf, die Runde Kaffee zu übernehmen, und verabschiedete sich mit warmen Worten, denn noch heute wolle sie in ihre Heimat zurückkehren.

Doch eine letzte Frage trieb Kerschbaumer noch um – eine Frage, auf die er unbedingt eine Antwort brauchte.

»Sag mal, Oleg, welches Buch hast du eigentlich damals beim Metzgerwirt gelesen? *Anna Karenina*? *Krieg und Frieden*? *Schuld und Sühne*?«

Oleg schnaubte und schüttelte den Kopf. »*Harry Potter und der Feuerkelch*«, brummte er.

Kerschbaumer musste sein Russenbild dringend überdenken.

ANHANG – eine kulinarische Tatortbegehung

Wo Kerschbaumer gern isst

Greisslerei. Köstlicher Kaffee (Illy aus Triest), blättrige Hörnchen, sympathische Betreiber, originelle Mitbringsel regionaler Handwerksbetriebe. Unbedingt haltmachen! Dorfstraße 68.

Bäckerei Weissensteiner. Das Gebäck ist köstlich, und die Bedienungen sind nett und höflich. Auch gibt es immer die aktuellen Zeitungen. Dorfstraße 58.

Landhausstüberl. Direkt an der Hauptstraße gelegen, gibt es hier das füllende Holzknechtpfandl oder die Pute am Spieß. Flinke, sympathische Bedienung. Dorfstraße 36.

Trattlers Einkehr. Gemütliches Restaurant direkt an der Talstation der Maibrunnbahn, eigener Fischräucher- und Brotbackofen, gute Weinkarte (sogar Sassicaia!). Immer wieder Aktionsabende und Degustationen. Teichstraße 7.

Sportalm, St. Oswald. Bei Uschi und Poldi oberhalb von Bad Kleinkirchheim kehrt Kerschbaumer besonders gern ein. Zwiebelrostbraten, Grillteller, Wildgeschnetzeltes – alles prima. St. Oswald, Rosennockstraße 53.

Adriana. Steakhaus mit allerlei Dry Aged Cuts, aber auch mit Klassikern wie Schnitzel und Pizzen. Barbecue-Ableger am Golfplatz von Bad Kleinkirchheim. Dorfstraße 79.

Metzgerwirt, Radenthein. Eines der edelsten Lokale der Gegend, dabei ganz rustikal eingerichtet. Köstlicher Kalbstafelspitz, erstklassige Weinauswahl. Radenthein, Hauptstraße 22.

NACHWORT

Wenn Sie Bad Kleinkirchheim kennen, werden Sie vieles wiedererkannt haben. Und wenn Sie den Ort nicht kennen, dann können Sie alle Tipps guten Gewissens beherzigen.

Was die Hotels angeht: Nur das »Pulracher« ist ein fiktives Haus – eine Mischung aus den beiden Fünf-Sterne-Platzhirschen *Ronacher* und *Pulverer*. In beiden Häusern kann man wunderbar wohnen, und mir ist keine Reinigungskraft mit Nebenverdienstambitionen aufgefallen. Aber vielleicht habe ich nicht genau genug hingeschaut.

Auch die anderen erwähnten Hotels kann ich empfehlen: Wendelin Kerschbaumers *Kirchheimerhof* war lange meine Lieblingsadresse; Mordanschläge im Pool-Bereich kommen nicht vor, versichert die Hotelleitung. Der *Felsenhof,* in dem ich Kluibnschädl untergebracht habe, ist ebenfalls ein feines Haus. Ich konnte den Bösewicht ja nicht im Freien schlafen lassen.

Ein wichtiger Hinweis muss aber sein: In Bad Kleinkirchheim beginnt die Skisaison im Gegensatz zu vielen anderen Wintersportorten erst kurz vor Weihnachten und nicht, wie im Buch beschrieben, Anfang Dezember. Nur wenige Lifte und nicht alle Hotels sind geöffnet. (In St. Oswald geht es allerdings früher los.) Dieser Spätstart ist durchaus umstritten und könnte sich bald ändern, lustigerweise auch befeuert durch die im Buch beschriebenen Hotelneubauten.

Ich wollte den Kriminalfall aber unbedingt für Anfang/Mitte Dezember anlegen, um Weihnachten nicht dazwischenkommen zu lassen, daher habe ich mir diese künstlerische Freiheit zugestanden. Einen Fall zum Heiligen Abend oder zu Silvester heben wir uns für einen der nächsten Bände auf.

Sollten Sie also Anfang oder Mitte Dezember einen Skiurlaub in Bad Kleinkirchheim planen – bei meinen letzten Recherchen Mitte Dezember 2019 herrschten beste Bedingungen –, erkundigen Sie sich vorher, welche Pisten schon präpariert und welche Hotels schon offen sind.

Und noch eine letzte Anmerkung: Alle Personen und Namen sind frei erfunden; Ähnlichkeiten sind rein zufällig und niemals beabsichtigt.

Chefinspektor Kerschbaumer kehrt in einem neuen Bad-Kleinkirchheim-Krimi zurück:

»Der Tote im Bach«